けだもの

無敵番犬

南 英男

祥伝社文庫

目　次

本書の主な登場人物

反町《そりまち》 譲司《じようじ》……38歳。フリー・セキュリティ・サービスマン＝用心棒《ボディガード》。元警視庁警備部SP。

右近和香奈《うこんわかな》……27歳。下北沢《しもきたざわ》のジャズクラブ『マザー』経営。目黒《めぐろ》区青葉台《あおばだい》在住。

力《ちから》 石正則《いしまさのり》……36歳。反町の元同僚。警視庁組織犯罪対策部第四課。

藤巻隆之《ふじまきたかゆき》……29歳。元保険調査員の探偵。港《みなと》区芝大門《しばだいもん》在住。

滝《たき》 信行《のぶゆき》……48歳。精神科医。反町の〝元〟飲み友達。世田谷《せたがや》区松原在住。

〝影法師《かげぼうし》〟……39歳。謎の陵辱《りようじよく》脅迫者にしてハッカー。杉並《すぎなみ》区方南《ほうなん》在住。

片瀬真帆《かたせまほ》……29歳。弁護士。事務所は西新宿《にししんじゆく》。新宿《しんじゆく》区下落合《しもおちあい》在住。

辺見沙織《へんみさおり》……31歳。人気ニュースキャスター。渋谷《しぶや》区広尾《ひろお》在住。

辺見彩子《あやこ》……29歳。沙織の妹で真帆の同級生。テレビ番組制作会社ディレクター。

小室《こむろ》 剛《たけし》……片瀬法律事務所調査員。元検察事務官。

鳥羽道文《とばみちふみ》……47歳。照明器具メーカー社長。元関東侠仁会《きようじんかい》脇田《わきた》組組員。

児玉輝夫《こだまてるお》……44、45歳。ゴルフ会員権売買会社社長。関東侠仁会企業舎弟《フロント》。

大沼準一《おおぬまじゆんいち》……34歳。ダンプカー運転手。性犯罪で二度服役。品川《しながわ》区戸越《とごし》在住。

二瓶友佳《にへいゆか》……33歳。聖和《せいわ》学院大学環境情報学部准教授。目黒区碑文谷《ひもんや》在住。

布施直秀《ふせなおひで》……56歳。産業情報調査会社『ビジネス・コンサルティング』代表取締役。

松永千秋《まつながちあき》……29歳。歯科医。港区高輪《たかなわ》在住。

プロローグ

震《ふる》えが走った。

武者震《むしゃぶる》いだった。熱を帯《お》びた下腹部が疼《うず》く。

いまにも男性器が猛《たけ》りそうだ。

男は薄い唇を歪《ゆが》めた。自嘲《じちょう》だった。

エレベーターには、男のほか誰も乗っていない。渋谷《しぶや》区広尾《ひろお》五丁目にある『広尾ロイヤルパレス』だ。

十一月下旬の深夜である。

外は木枯《こが》らしが吹き荒《すさ》んでいた。時刻は午前一時近かった。

男は深呼吸した。体の震えが熄《や》んだ。逸《はや》る気持ちも鎮《しず》まった。男は三十九歳である。

細身で、上背《うわぜい》があった。知的な風貌《ふうぼう》だが、鋭い目は暗い。飢《う》えた野生犬《ディンゴ》のように、異様な光を放っている。

全身に他人《ひと》を寄せつけないような冷たさを漂《ただよ》わせている。

エレベーターが停止した。

九階だった。男はホールに降りた。あたりに人影は見当たらない。

男は堂々としていた。

高級マンションといっても、ホテルのように各階に防犯カメラが設置されてはいなかった。そのことは、数日前に下見に訪れたときに確認済みだった。

男は二階の非常口から、この建物に忍び込んだのだ。非常扉は内側からロックされていた。男は耳掻《か》き棒に似た特殊万能鍵を巧《たく》みに操《あやつ》って、造作《ぞうさ》なく内錠《うちじょう》を解《と》いた。それから入居者のような顔をして、堂々とエレベーターに乗り込んだのである。

男は、静まり返っている清潔な歩廊を進んだ。

爪先《つまさき》に重心を掛けた歩き方だった。ラバーソールのトレッキングシューズは、ほとんど音をたてない。むしろ、衣擦《きぬず》れの音のほうが大きかった。

男は黒ずくめだった。

フード付きパーカ、タートルネック・セーター、厚手のチノクロスパンツはもちろん、ソックスや靴も黒だ。ただ、革《かわ》のショルダーバッグだけが焦茶《こげちゃ》だった。

男は歩きながら、ショルダーバッグのファスナーを静かに滑《すべ》らせた。手探《てさぐ》りで、手術用のゴム手袋を摑《つか》み出す。

男は周《まわ》りに視線を走らせてから、ゴム手袋を素早く装着した。馴《な》れた仕種《しぐさ》だった。

ほどなく男は、九〇一号室の前で立ち止まった。

角部屋《かどべや》だ。スチールのドアは深いブルーで、金モールがあしらわれている。

人気ニュースキャスターの辺見沙織《へんみさおり》の自宅だった。

独身の沙織が帰宅していることは、すでに確かめてあった。来客がないこともわかっていた。

沙織は三十一歳だった。知性豊かで、その容姿は人目を惹《ひ》く。並《なみ》の女優よりも、はるかに綺麗《きれい》だった。

ことに潤《うる》んだような瞳が美しかった。プロポーションも申し分ない。女子大生や若いOLたちの憧《あこが》れの的《まと》だった。

沙織は有名女子大を卒業し、アメリカの名門大学でジャーナリズム学を修めた才女である。英、仏、独語を自在に操り、ジャズピアノは玄人《くろうと》はだしだった。

沙織はニューヨークにある大手通信社で特約記者を務《つと》めた後、二十七歳でフリーランスのニュースキャスターに転じた。

沙織は多くのキャスターたちのように、当たり障《さわ》りのないコメントは口にしない。いつも本音で語っている。どんな権力にも媚《こ》びない姿勢は視聴者の人気を集めていた。

沙織は土・日を除く毎夜九時から、二時間のニュースショーのメインキャスターを務めている。また、数誌にエッセイを連載中だ。週刊誌のグラビアを飾ることも少なくなかった。

男は左右をうかがってから、黒いフェイスマスクで顔面を隠した。特殊万能鍵でドア・ロックを解除する。

わずか数秒しか要さなかった。しかも、物音はたてなかった。

ドアをそっと引く。

チェーンが掛かっている。男はバッグから特殊カッターを取り出し、鎖《くさり》を断ち切った。素早く玄関に身を滑《すべ》り込ませ、シリンダー錠を掛ける。そのまま、男は息を詰めた。

玄関ホールは暗かったが、奥の居間は明るい。人気ニュースキャスターは、明日の特集の資料にでも目を通しているのだろう。

男は踵《かかと》を擦《す》り合わせて、黒いトレッキングシューズを脱《ぬ》いだ。

玄関マットの上で、ショルダーバッグから手製のダーツガンを摑み出す。万年筆型で、無音空気発射式だった。

ダーツ弾の中には、全身麻酔薬のチオペンタール・ナトリウムが入っている。致死量の三分の一だった。標的に命中すると、ダーツ針から麻酔薬が相手の体内に注入される。個人差もあるが、五、六分で昏睡《こんすい》状態に陥《おちい》ることが多い。

男は居間に足を踏み入れた。

リビングルームに部屋の主の姿はなかった。

沙織は左手に置かれた北欧調のダイニングテーブルに着いて、缶ビールを飲んでいた。バドワイザーだった。湯上がりらしい。純白のバスローブ姿だった。セミロングの髪は、まだ乾《かわ》ききっていない。

気配で、ニュースキャスターが振り向いた。次の瞬間、表情が強張《こわば》った。

「素顔《スッピン》も悪くないな」

男は話しかけた。

沙織が弾《はじ》かれたように椅子《いす》から立ち上がった。弾《はず》みで、椅子がウッディフロアに倒れる。

「あなた、どこから⁉」

「玄関から入らせてもらった」

「誰なの？　ここに押し入った目的は何なんですっ」

「才女は、さすがにそのへんの小娘とは違うな」

男は言って、ダーツガンを沙織に向けた。

沙織が整った顔を引き攣《つ》らせ、飲みかけの缶ビールを男に投げつけた。

男は、いくらか体を傾けただけだった。バドワイザーの缶は男の肩口を掠《かす》め、マガジンラックにぶち当たった。ビールの飛沫《しぶき》が散る。

沙織が怯《おび》えはじめた。目で、しきりに逃げ場を探している。

男は、にんまりした。

そのとき、沙織が身を翻《ひるがえ》した。弾みで、ボアの薄茶のスリッパが舞った。男は動かなかった。

沙織はトイレに逃げ込む気になったようだ。だが、トイレに達する前に足を縺《もつ》れさせた。前のめりに倒れる。バスローブの裾《すそ》が大きく捲《めく》れ上がった。

茹《ゆ》で卵を連想させる白い尻が露《あらわ》になった。弾力性に富み、張りもあった。腿《もも》もむっちりとしている。

男は沙織に走り寄った。

目の光が一段と強くなっていた。獲物《えもの》を追いつめた狩人《かりゆうど》のような顔つきだった。

沙織が本能的に身を硬《かた》くし、バスローブの裾を手で下げようとした。

すると、男はダーツガンのポンプハンドルを手前に引き、一気に押し込んだ。

ダーツ弾が放たれる。

沙織が短く呻《うめ》き、顔を歪《ゆが》めた。麻酔液のカプセルを内包したダーツ弾は、沙織の形のいいヒップに埋まっている。男は、ほくそ笑《え》んだ。

「なぜ、こんなことをするの？」

沙織が言いながら、ダーツ弾の針を引き抜こうとした。

すぐに手の動きが止まった。美人ニュースキャスターは眉《まゆ》をたわめ、小声で痛みを訴えた。

「針には返しがついてる。無理に引っ張ると、尻《けつ》に穴が空《あ》くぞ」

男は無表情に言い、ダイニングテーブルの椅子に腰かけた。ショルダーバッグは卓上に置かれた。

「わたしに、どんな恨《うら》みがあるんです？」

「恨みは何もない。おまえが才色兼備《さいしょくけんび》だから、穢《けが》したくなっただけだ」

「あなた、まともじゃないわ」

「偉そうな口をきくなっ」

「法を破ったら、あなたの人生は破滅よ。ばかなことはよしなさい」

沙織が言い諭《さと》しながら、洗面室の方に這《は》って逃げる。

男はせせら笑っただけで、腰は浮かせなかった。冷《ひ》ややかに獲物の動きを見守りつづけた。

沙織の動きが次第に鈍《にぶ》くなった。

もはや肘《ひじ》で自分の体を支えきれなくなったようだ。じきに沙織は俯《うつぶ》せになり、意識を失った。

「さて、嬲《なぶ》りの儀式だ」

男は呟《つぶや》き、椅子から立ち上がった。

沙織のかたわらに屈《かが》み込み、ダーツ弾の針を乱暴に引き抜いた。傷口から血の粒が噴《ふ》く。

赤い粒はすぐに弾け、ホワイトチーズを想《おも》わせる滑《なめ》らかな肌を少しずつ汚しはじめた。

男は口に生唾《なまつば》を溜《た》めた。

ペニスが急激に肥大《ひだい》した。男にとって、女性の血は性的な興奮剤だった。裸身を見ただけでは、いつも完全には昂《たか》まりきらない。

男は引き抜いたダーツ弾をパーカのポケットに入れ、沙織を軽々と肩に担《かつ》ぎ上げた。

それほど重くなかった。ショルダーバッグを引っ掴み、居間を斜めに横切る。

間取りは2LDKだった。居間の向こうに、書斎と寝室がある。

男は沙織を担《かつ》いだまま、左側の寝室に入った。

ナイトスタンドが灯《とも》っていた。十二畳ほどの広さだ。

ほぼ中央に、セミダブルのベッドが据《す》え置かれている。ベッドカバーは外され、ロッキングチェアの上に掛けてあった。

左手には、洒落《しゃれ》たドレッサーとチェストが並んでいる。右手はウォークイン・クローゼットになっていた。

男は寝室のメインライトを点《つ》け、ぐったりとしている沙織をベッドに仰向《あおむ》けに寝かせた。

弾みで、バスローブの襟元《えりもと》がはだけた。量感のある乳房が少し顔を覗《のぞ》かせた。

男は舌嘗《な》めずりした。バスローブのベルトをほどき、せっかちに裸にする。

男は小さく口笛を吹いた。

沙織の肢体は、想像以上に肉感的だった。トロピカルフルーツのようなバストは横たわっても、少しも形が崩《くず》れなかった。みっしりと肉が詰まっている感じだ。

乳首も若々しい。メラニン色素は淡かった。

ウエストのくびれが深い。腰の曲線は芸術的でさえあった。内腿《うちもも》には、ほどよく肉が付いていた。ハートの形に繁《しげ》った飾り毛は、いかにも柔らかそうだ。

赤い輝きに彩《いろど》られた合わせ目は、いくらか捩《よじ》れている。そそられる眺めだった。

男は手早く全裸になった。ショルダーバッグからカッターナイフとアイスピックを取り出し、羽毛蒲団《うもうぶとん》の上に上がる。

沙織は死んだように動かない。

男は沙織の腰の横に胡坐《あぐら》をかき、白い裸身をアイスピックで突きはじめた。少し強く突くと、陶器のような肌に鮮血がにじんだ。

乳房の裾野から下腹にかけ、無数の赤い斑点が生まれた。それでも、沙織は身じろぎひとつしなかった。

男はカッターナイフのスライドを滑らせた。

刃を五センチほど出し、沙織の右の脇腹を浅く裂《さ》いた。ほとんど同時に真紅《しんく》の線が走った。二十センチ近い長さだった。

傷口に盛り上がった血は糸を曳《ひ》きながら、ゆっくりと滑り落ちていった。

人気ニュースキャスターの血を目にしたとたん、男の欲望は一段と膨《ふく》れ上がった。下腹に触《ふ》れそうな勢いだった。すぐにも交わりたかった。

しかし、男は衝動を抑《おさ》えた。できるだけ長く沙織を弄《もてあそ》びたかったし、性衝動をコントロールする訓練もしたかった。

男は沙織の足許《あしもと》に回り込んだ。

沙織の両膝《ひざ》を立て、脚《あし》を大きく開かせた。双葉《ふたば》を想わせる肉片が綻《ほころ》び、鴇色《ときいろ》の襞《ひだ》が電灯の光に晒《さら》された。複雑に折り重なった襞は、うっすらと光っている。

男は沙織の恥丘《ちきゅう》と内腿にカッターナイフの切っ先を走らせた。裂け目から、鮮《あざ》やかな血潮が湧出《ゆうしゅつ》しはじめた。

男は半透明のゴム手袋を外し、血を指で掬《すく》い取った。舌の先で少し舐《な》め、残った血液を沙織の性器に塗りつける。男は二枚の花びらが赤く染まるまで血を塗りつづけた。

鮮血に塗《まみ》れた縦筋《たてすじ》は、まるで傷口のように見えた。歪《ゆが》んだ欲情が膨らむ。

男は膝立ちになった。

せっかちに沙織の下半身をM字に折り、はざまに顔を寄せた。感じやすい部分を貪《むさぼ》り、血を啜《すす》る。

血は少し鉄錆臭《てつさびくさ》かった。

だが、不快ではない。それどころか、催淫剤になった。

舌を閃《ひらめ》かせていると、木の芽に似た突起が痼《しこ》った。小陰唇も厚みを増した。少し経《た》つと、沙織の体が潤《うる》みはじめた。

男は沙織の両脚を荒っぽく振り落とし、今度は指を躍《おど》らせはじめた。サディスティックな指遣《づか》いだった。

沙織は、およそ二時間は目が醒《さ》めないだろう。

男は手と足でさんざん沙織を辱《はずか》しめると、ワイルドに体を繋《つな》いだ。めまぐるしく体位《ラーゲ》を変えながら、沙織の裸身をスマートフォンのカメラに収めた。ニュースキャスターの顔と秘部がフレームに入るアングルばかりだった。

男はさらに淫《みだ》らな動画を撮《と》ると、ショルダーバッグの底からプラスチックの手錠を摑み出した。

手製だった。自動車部品や電機部品を束《たば》ねる締めつけベルトを使って、自分で考案した物だ。爪やラチェット歯車があり、ベルトは少しも緩《ゆる》まない。市販の結束バンドよりもはるかに強固だった。

男は沙織を横向きにさせ、後ろ手にプラスチック手錠を掛けた。ニュースキャスターは依然として意識を失ったままだ。

男は角笛のように反《そ》り返ったペニスに、持参したスキンを被《かぶ》せた。犯行現場に精液を遺《のこ》すことは避けなければならない。

男はベッドに戻った。沙織の唇を吸いつけながら、胸をまさぐった。乳首を指と舌の先で転がしていると。沙織が意識を取り戻した。

「な、何をしてるの！　離れなさいっ」

「騒ぐと、乳首をカッターナイフで刎《は》ねるぞ」

男はいったんベッドから離れ、ショルダーバッグからスカッシュボールを摑み出した。それを沙織の口の中に押し込む。沙織が唸《うな》り声を発し、全身でもがいた。

男はカッターナイフを握ったまま、ベッドに上がった。

沙織の腰を引き寄せ、羽毛蒲団の上に這わせる。彼女は枕に顔を埋《うず》める恰好《かっこう》になった。

男は沙織のヒップを抱《かか》え、背後から一気に貫《つらぬ》いた。

沙織が慌《あわ》てて尻を大きく振る。しかし、潜《くぐ》らせた男性器は抜けなかった。

「顔は商売道具だから、勘弁《かんべん》してやろう」

男は言うなり、ナイフの刃で沙織の肩胛骨《けんこうこつ》の近くをなぞった。

沙織が必死に抗《あらが》う。しかし、虚《むな》しい抵抗だった。

「血だ、血が出てる」

男は上擦《うわず》った声を洩《も》らし、ダイナミックに腰を躍動させはじめた。

沙織は過酷な運命を受け入れる気になったらしく、まったく暴れなくなった。男はがむしゃらに突きまくり、数分後に果てた。射精感は鋭かった。

男は衣服をまとうと、ふたたび沙織の体に麻酔ダーツ弾を撃《う》ち込んだ。

沙織は二、三分で、意識を失った。男はふたたびゴム手袋をしてプラスチック手錠を外し、自分の指紋を入念に拭《ぬぐ》った。それからフェイスマスクを外し、沙織の和毛《にこげ》を引き抜いた。戦利品をビニールの小袋に収め、バッグから超小型クリーナーを取り出す。電池式だった。

男は寝具とベッドの周辺を神経質にクリーナーでなぞった。落ちた頭髪や体毛を回収し終えると、パーカのポケットから切手シート状の物を抓《つま》み出した。

それには、指紋が刻印されていた。凹凸《おうとつ》もくっきりと刻《きざ》まれている。

男は、シートを自分の手の甲《こう》に擦《こす》りつけた。皮膚の脂《あぶら》が均等に付着したことを目で確かめてから、ナイトテーブルの表面やスタンドの鎖にシートを押しつける。沙織のプラチナの指輪にも密着させた。

「そのうち、連絡するよ」

男はベッドの沙織に言い、悠然と寝室を出た。

居間の家具に指紋シートをなすりつけ、玄関に足を向けた。ハンカチでドア・ノブを拭《ぬぐ》い、シートを押し当ててから廊下に出る。

男はショルダーバッグを揺すり上げ、エレベーターホールに急いだ。

第一章　凌辱《りょうじょく》予告

1

残りのチップは、わずかだった。

反町譲司《そりまちじょうじ》は悪い予感を覚えた。ポーカーに引きつづき、ブラックジャックでも負けつづけるのか。

反町は　SP《セキュリティ・ポリス》時代の後輩とカードゲームに興《きょう》じていた。

赤坂《あかさか》グレースホテルの二〇〇一号室の居間である。十一月下旬のある晩だった。

「ステイ！」

力石正則《ちからいしまさのり》が嬉《うれ》しそうに言って、二枚の手札《てふだ》をコーヒーテーブルの上で表《おもて》にした。

スペードのエースとダイヤの10だった。エースは1、もしくは11と数える。ブラックジャックは手札の合計数が21になると、最高点になる。

反町は無駄と知りつつ、追加札を引いた。

クローバーの2だった。二枚の手札の数を加えると、22になってしまう。21を超《こ》えた場合は失格だ。それを俗にドボンという。

「こっちの負けだ」

反町はカードを卓上に叩きつけた。力石が残りのチップをそっくり回収する。

「先輩、なんか悪いですね」

「生活かかってる奴にはかなわない。迫力負けだな」

「負け金、かなりの額になりますよ」

「計算してくれ」

反町は言った。

「いいんですか？　なんでしたら、レート、半分にしてもいいですよ」

「おまえに同情されたくないな」

「それなら、最初のレートで計算しますね」

力石がごっつい手でチップを数えはじめた。

肩も胸も厚い。二メートル近い巨漢だった。学生時代にアメリカンフットボールで鍛《きた》え上げた体はプロレスラー並だ。三十六歳だが、筋肉は少しも衰えていない。

「いくらになる？」

「えーと、十三万五千円になります」

「ツイてないな、きょうは」

反町は上着の内ポケットから札入れを取り出し、負けた金を即金で払った。

「先輩、この金で飲みましょう。現職刑事の自分がカードで得た金をそっくり懐《ふところ》に入れるというのも……」

「いまさら、いい子ぶるなって。奥さんと子供たちに何か買ってやれよ」

「しかしね」

「いいから、早いとこ消えてくれ。九時半に客が来ることになってるんだ」

「そうだったんですか。もう九時五分過ぎですね。それじゃ、すぐに自分は引き揚《あ》げます」

力石は札束を上着のポケットに捩《ね》じ込むと、勢いよく立ち上がった。ドアに向かう後ろ姿は、どことなく羆《ひぐま》に似ていた。

反町はマールボロをくわえた。

ヘビースモーカーだった。一日に四、五十本は喫《す》っている。

この二間続《スイートルーム》きの部屋は、オフィスを兼ねた塒《ねぐら》だった。

控えの間《ま》にはイタリア製の応接セットとダイニングテーブルがあり、奥の寝室には二つの大型ベッドが据え置かれている。ライティング・デスクもあった。

宿泊料は一泊十三万円だった。本来は、もっと高い。長期投宿ということで、割引料金になっているのだ。

三十八歳の反町は、フリーのセキュリティ・サービスマンである。早い話が、用心棒《ボディガード》だ。営業上のはったりで名刺には『東京セキュリティ・サービス』という社名を刷《す》り込んであるが、社員はひとりも雇《やと》っていなかった。個人事業主だった。

仕事柄、何かと危険が多い。逆恨《さかうら》みされたり、命を狙《ねら》われることもあった。そんなことで住居を定めずに、ホテル住まいをしているわけだ。

番犬稼業は常に危険と背中合わせだが、報酬は悪くない。一日二十万円になる。もちろん、諸経費は別だ。単に依頼人を護衛するだけではなく、反町は脅迫者やテロリストの正体を突きとめてもいた。その場合は、数百万円の成功報酬を得られる。

顧客は財界人、文化人、芸能人、アスリートなどが圧倒的に多い。別段、宣伝はしていないが、ありがたいことに仕事の依頼は引きも切らない状態だ。

以前の職業が依頼主たちに安心感を与えるのか。

反町は三年前まで、警視庁警備部のSPだった。〝背広の忍者〟と呼ばれるSPは、警備部のエリートだ。文武両道に秀《ひい》でた者しか抜擢《ばってき》されない。

SPの拝命を受けたとき、反町は大いに自尊心をくすぐられた。難関私大を卒業して警視庁採用の警察官になった日から、SPになることを夢見ていたからだ。

反町は約百六十人のＳＰ仲間とともに、国内外のＶＩＰの身辺警備に情熱を傾けた。その大半は大物政治家だった。責務の重い仕事だったが、充実感はあった。

しかし、要人たちの醜悪な素顔に接しているうちに、だんだん仕事に対する意欲や誇りを失うようになった、失望は大きかった。そのうち反町は、命懸《いのちが》けでＶＩＰを護《まも》り抜くことがばからしくなった。

事実、堕落《だらく》しきった政治家や高級官僚たちには、それだけの価値がなかった。程度の差こそあれ、要人たちの大半は狡猾《こうかつ》なエゴイストだった。出世欲の権化《ごんげ》ばかりで、本気で国の舵取《かじと》りをする気でいる者はきわめて少なかった。

三年前のある深夜、元総理大臣が料亭の車寄せで過激派のテロリストに狙撃されるという事件が起こった。

たまたま警護中だった反町は、とっさに同僚の力石を庇《かば》ってしまった。力石は無傷だったが、元総理大臣は胸に被弾した。幸い一命は取り留《と》めたが、全治三カ月の重傷だった。

反町は責務を怠《おこた》ったことを上司に咎《とが》められ、依願退職に追い込まれた。力石も数カ月後に組織犯罪対策部第四課に飛ばされる羽目になった。

反町は、もともと中央集権的な警察機構に馴染《なじ》めないものを感じていた。職場には少しも未練がなかった。こうして彼は、民間ＳＰになったのだ。

開業当初から仕事には困らなかった。

反町はSP時代に、たびたび暗殺事件を未然に防いだ。その実績が物を言い、大物政財界人の紹介状を携《たずさ》えた依頼人が切れ目なく訪れるようになった。

反町はボディガードとしても優秀だった。

この三年間で二十数人の殺し屋やテロリストをぶちのめし、凶悪な犯罪の芽をことごとく摘《つ》み取った。それも、依頼主が狙われたことに気づく前に片をつけていた。

どの依頼人も、反町を優秀な民間SPと評価しているようだ。

だが、彼は凄腕《すごうで》の恐喝屋《きょうかつ》でもあった。仕事で悪人どもの犯罪やスキャンダルを嗅《か》ぎつけると、反町はきまって牙《きば》を剝《む》く。巨額を脅《おど》し取り、犯罪者たちの愛人の肉体も冷然と寝盗《ねと》る。VIPたちに幻滅したとき、反町の生来《せいらい》の正義感は死に絶《た》えていた。

腐りきった人の世に、まともな正義はない。

ならば、救いようのない外道《げどう》たちを丸裸にし、彼らの愛人たちをいただいて溜飲《りゅういん》を下げたい。いつからか、反町は本気でそう考えるようになっていた。

実際、わがもの顔でのさばっている権力者や富豪から金や愛人を奪う快感は深い。それこそ下剋上《げこくじょう》の歓《よろこ》びを味わえる。当分、やめられそうもない。

悪人《クズ》どもの金と女は自分がいただく。

反町は胸奥《きょうおう》でうそぶき、短くなった煙草《たばこ》の火を大理石《だいりせき》の灰皿の中で揉《も》み消した。

深々としたモケット張りのソファから立ち上がり、洗面室に向かった。鏡を見ながら、ドイツ製のシェーバーで髭《ひげ》を剃《そ》る。

反町のマスクは男臭かった。

やや面長《おもなが》で、頰《ほお》の肉は薄い。眉毛は濃かった。両眼はきっとしている。感情が激したりすると、狼のように眦《まなじり》が吊《つ》り上がる。鼻柱も高かった。唇は真一文字に近い。

体軀《たいく》も逞《たくま》しかった。百八十センチの体は鋼《はがね》のように引き締まり、贅肉《ぜいにく》は数ミリも付いていない。体重は七十八キロだった。

反町は顔にローションをはたき込み、ダイニングテーブルに着いた。

客が現われるまで、もう少し時間がある。反町はスマートフォンでテレビを観《み》はじめた。

画面に気品のある女の顔が映《うつ》し出された。人気キャスターの辺見沙織だった。『リアルタイム』と名づけられたニュースショー番組のメインキャスターである。

いい女だ。

反町は目を細め、またマールボロに火を点《つ》けた。

美しいキャスターは、北朝鮮《きたちょうせん》の核実験や度重《たびかさ》なる弾道ミサイル発射を非難していた。ただ、核保有大国が正義を振りかざすのは笑い種《ぐさ》だとも語った。論評は冴《さ》えていた。

なぜだか、沙織の様子がふだんと異《こと》なる。いつもの匂《にお》うような微笑を見せようとしない。言葉の切れ目に、美人キャスターはわずかに顔をしかめた。

風邪《かぜ》で頭が重いのか。それとも、歯痛に耐えているのだろうか。

辺見沙織は着痩《や》せするタイプなのだろう。裸にしたら、きっと肉感的にちがいない。抱き心地《ごこち》はよさそうだ。

女好きの反町は紫煙をくゆらせながら、淫《みだ》らな想像に耽《ふけ》った。

男たちの多くは知性派の美人を敬遠しがちだが、意外にベッドでは大胆なタイプが少なくない。頭脳や神経を酷使している分、時には思うさま乱れたくなるのだろう。

反町はにやついて、煙草の灰を落とした。

そのとき、コーヒーテーブルの上でスマートフォンが鳴った。反町はテレビの電源を切り、おもむろに腰を浮かせた。くわえ煙草で、リビングソファに移る。

電話をかけてきたのは交際中の右近和香奈《うこんわかな》だった。恋人と呼べる存在である。

「今夜、泊まりに行ってもいい？」

「弱ったな」

「仕事が入ったの？」

「そうなんだ。間もなく女弁護士がここに来ることになってる」

「裏のビジネスで失敗《ドジ》踏んで、誰かに告訴されたの？」

「いや、そうじゃない。ある財界人の紹介で、おれにガードを頼みたいって言ってきたんだよ」

反町は言って、煙草の火を消した。

「それじゃ、今夜からガードに当たるわけ？」

「場合によっては、そうなると思う」

「そういうことなら、また連絡するわ」

「悪いな」

「ううん、いいの。気にしないで」

「店のほうはどうなんだい？」

「まあまあね」

和香奈は、下北沢《しもきたざわ》で小さなジャズクラブ『マザー』を経営している。

といっても、まだ二十七歳だ。色白で、男たちを振り返らせるような美人だった。彫《ほ》りの深い顔立ちで、背も割に高い。

「若いジャズ屋たちに、ちゃんと出演料《ギャラ》払ってやってるのか？」

「ええ、それはね。それだから、家賃や人件費を差っ引くと、今月もわたしは只働《ただ》きになりそうなの」

「そろそろ道楽はやめて、別の儲《もう》かりそうな商売《ビジネス》を考えろよ」

「もう少し頑張《がんば》ってみるわ。まだ無名に近いプレーヤーをほうり出すわけにはいかないもの」

「和香奈が肩入れしてる連中、本当に才能があるのか?」

反町は訊《き》いた。

「みんな、才能はあるの。いまに彼らは、揃《そろ》って一流のジャズプレーヤーになるわよ」

「しかし、連中が羽ばたく前に、和香奈の店は潰《つぶ》れちまうかもしれないぞ」

「あまり赤字が嵩《かさ》むようだったら、わたし、ステージでストリップでもやるわ」

和香奈が冗談を口にした。

反町は笑えなかった。金銭的な援助をすることはできなくもないが、そうしたら、和香奈の自尊心を傷つけることになる。どうすれば、惚《ほ》れた相手を支えられるのか。

「わたし、何がなんでも彼らを一人前のジャズプレーヤーに育て上げたいの」

和香奈が言葉に力を込めた。圧倒されそうな迫力があった。

彼女は元カーレーサーだった。レース中にクラッシュを引き起こして、仲間のレーサーを二人も死なせてしまった。

その責任を取る形で引退したのだが、和香奈は自分の夢を半分も実現させていなかった。それだけに、夢を追いつづけている若い世代に肩入れする思いが強いのだろう。

「損な性分《しょうぶん》だな」

「わたし、他人《ひと》のために犠牲になってるなんて考えたことはないわ」

「それじゃ、なんで無名のジャズ屋を無理してバックアップしてるんだ?」

反町は問いかけた。

「多分、自分自身が救われたいからでしょうね」

「救われたい？」

「ええ、そう。わたしは事故で二人のレーサー仲間の命と夢を奪ってしまったから、せめて夢を追っている人たちの後押しをしてやらなきゃね」

「そういうことか。それにしても、ジャズスクールと支店二軒をほとんど同時にオープンしたのはまずかったな」

「焦《あせ》りすぎてたのね。せっかくあなたが回してくれた二億円をわずか半年で遣《つか》い果たしてしまって」

「いいさ。あの金は救いようのない悪人《クズ》から脅し取ったものだったんだ。それにしても、和香奈は商才ゼロだな。親父《おやじ》さんか兄貴から、銭儲けの秘訣《ひけつ》を教わったほうがいいんじゃないのか」

「あんまりいじめないで」

和香奈は、北陸地方の名士《セレブ》の娘だった。

父親は私鉄、デパート、水産加工会社などを手広く経営している。兄は、父親の右腕として新事業を次々に手懸《てが》けているという。

「しかし、和香奈は立派だよ」

「何が？」

「その気になれば、親から事業資金を回してもらえたんだろうが、ジャズクラブの開業資金はほぼ全額銀行から借り入れたんだからな」

「保証人になってくれた母方の伯父《おじ》には迷惑かけっ放しだけど、なんとか自分だけの力でジャズクラブをオープンしたかったのよ」

「その心がけは見上げたもんだが、少しは欲を出さないとな」

「欲なら、たっぷりあるわ。ねえ、裏《ワッパ》ビジネスを手伝わせてくれない？」

「妙な気を起こすなって。和香奈が手錠打たれるとこなんか見たくないんだ」

「失敗《ドジ》は踏まないわよ。誰か強請《ゆす》れそうな奴はいないの？」

「悪女だな、おまえさんも」

反町は苦笑した。

「潰れた二軒の支店はどうでもいいけど、ジャズスクールはなんとか再興したいのよ。獲物が見つかったら、わたしにも一枚嚙《か》ませて」

「考えておこう」

「それじゃ、また！」

和香奈が先に電話を切った。

反町はスマートフォンを卓上に置いた。マールボロをパッケージから振り出したとき、ドアがノックされた。

反町はすぐに立ち上がった。

部屋のドアを開けると、息を呑《の》むような美女が立っていた。二十七、八歳だろうか。茶系のツイード地のスーツで、均斉《きんせい》のとれた体を包んでいる。

「昼間、お電話を差し上げた片瀬真帆《かたせまほ》です。初めまして」

「これは驚いた。こんなに若い女性が弁護士さんとはね」

「もう若くはありません、二十九ですので」

「しかし、弁護士としては若すぎるぐらいだ」

「一応、丸四年のキャリアを積んでいます。もっとも二年間は、居候弁護士《イソベン》でしたけれどもね」

「そうですか。とにかく、お入りください」

反町は美人弁護士を請《しょう》じ入れ、リビングソファに坐《すわ》らせた。

名刺の交換が済むと、真帆はハンドバッグから大物財界人の紹介状を取り出した。反町はそれを受け取り、ざっと目を通した。『日建《にっけん》セメント』の会長の直筆《じきひつ》だった。

「原則として、飛び込み客の依頼はお引き受けにならないそうですね？」

「ええ、まあ。どなたかのご紹介なら、報酬を踏み倒されることはありませんので」

「面白《おもしろ》い方ね」

真帆が微笑《ほほえ》んだ。

反町は笑い返しながら、改めて依頼人の顔を見た。知的な面差《おもざ》しだが、ぎすぎすとした印象は与えない。杏子《あんず》を連想させる目には、大人の色気が感じられた。

ことに黒々とした睫毛《まつげ》を少し伏せたときに色香が匂った。鼻の形も悪くない。

いくらか肉厚な唇は、なんともセクシーだ。項《うなじ》のあたりにも、そこはかとない色気がにじんでいる。髪型はショートボブだった。彫金《ちょうきん》のイヤリングが似合っていた。

「電話でうかがった話では、半月ほど前から何者かに尾《つ》けられているようだとか?」

「そうなんですよ。西新宿六丁目《にししんじゆく》にある事務所の近くや下落合《しもおちあい》の自宅マンションのそばで、誰かに見られているような気配が何度も伝わってきたんです」

「不審人物を見かけたことは?」

反町は畳みかけた。

「それが妙な話ですけど、怪《あや》しい者の姿は一度も目にしてないんですよ。ただ、誰かに行動を探《さぐ》られていることは間違いないでしょうね」

「気のせいということはないだろうか」

「思い過ごしではないと思います。現に、一昨日《おととい》の真夜中に男の声で自宅に電話がかかってきて、不愉快な脅迫を受けましたので」

「どんな内容だったんです?」

「おまえの柔肌《やわはだ》を鮮血で染め、とことん辱《はずか》しめてやる。不明瞭《ふめいりょう》な声でしたが、そう言われました」

真帆が両腕を交差させ、自分の肩を軽く抱いた。脅迫電話を受けたときのことを思い出したのだろう。

反町は仕事用の手帳を開き、早口で質問した。

「その男の声に聴《き》き覚えは？」

「ありません。おそらくボイス・チェンジャーか何か使っていたのでしょう。ひどく聴き取りにくい声だったわ」

「若々しい声だったのかな？」

「断定的なことは言えませんけど、三、四十代だと思います。言葉に訛《なまり》はありませんでした」

「そうですか」

「自宅の電話はシークレットナンバーになってるんですよ。仕事関係の連絡にはスマホを使っています」

「シークレットナンバーを知ってるのは、ごく限られた人間なんでしょ？」

「ええ。藤沢《ふじさわ》にいる両親や弟、それから学生時代からの友人たちぐらいですね。ですから、とっても薄気味悪くって」

「脅迫者は電話会社のコンピューターに潜《もぐ》り込んで、あなたのシークレットナンバーを探り出したのかもしれないな」

「その可能性はあると思います。事務所のパソコンに何者かが侵入して、裁判関係のデータを盗み出したことがあるんですよ。ちょうど十日前のことです」

「盗まれたデータは、どういったものだったんです？」

「係争中の証言記録です。明らかに過労死したと考えられるサラリーマンの労災認定がスムーズに運んでいないんですよ」

真帆がそう前置きして、原告や被告側について喋《しゃべ》った。反町は必要なことを書き留《と》め、顔を上げた。

「裁判がもたついてるのは、その民事だけなんですか？」

「もう一件、照明器具のデザイン盗用を巡《めぐ》る訴訟《そしょう》が縺《もつ》れています」

真帆が訴訟内容をかいつまんで話した。無駄のない説明だった。

反町はメモを執り終えると、煙草をくわえた。火を点けたとき、美人弁護士が短い沈黙を破った。

「わたしのガードと脅迫者捜《さが》しをお引き受けいただけますでしょうか？」

「脅迫者捜しのほうは警察に任《まか》せたほうがいいんじゃないのかな」

「わたし、警察に借りをつくりたくないの。官憲に忖度《そんたく》して、公平な弁護ができなくなるのは困るんですよ」

「刑事事件の弁護もしてるんですね？」

「ええ。民事が多いのですけど、刑事事件の弁護も引き受けています。それはそうと、いかがでしょう？」

「お引き受けしましょう」

反町は快諾《かいだく》した。

飛びきりの美人と親しくなるチャンスを逃す手はないだろう。運がよければ、魅力的な肉体《ボディ》を抱けるかもしれない。それに、何か恐喝の材料を得られる可能性もある。

「よかったわ。裁判のトラブルで、被告側の関係者から厭《いや》がらせをされているのかしら？」

「ほかに思い当たることがなければ、おそらくその線でしょう。一度、ご自宅とオフィスのチェックをさせてください。どこかに盗聴器が仕掛けられてるかもしれませんので」

「わかりました。ところで、ガードの謝礼は一日二十万円とうかがっているのですが……」

真帆が確かめる口調で言った。

「ええ、その通りです。五日分百万円を着手金として払っていただいているんですよ。脅迫者の正体を突きとめたときの成功報酬は三百万円でどうでしょう？」

「少し痛い金額ですけど、それで結構です。それでは、とりあえず着手金をお支払いします」

「よろしく！」

反町は腰を上げ、ライティング・デスクに歩み寄った。領収証を用意するためだった。

2

男は喉《のど》の奥で笑った。

美人ニュースキャスターは取り澄ました顔で、現政権の危うさを語っていた。テレビの画面に映った辺見沙織の整った顔には、擦《す》り傷ひとつない。

きょうの午前一時過ぎに彼女がレイプされたとは誰も知らないわけだ。

男はふたたび笑い、バーボン・ロックを呷《あお》った。ウイスキーはブッカーズだった。

杉並《すぎなみ》区方南《ほうなん》一丁目にある自宅の居間である。

借家だった。間取りは3LDKで、前庭もあった。

男は居間でウイスキーを飲みながら、『リアルタイム』を観《み》ていた。独《ひと》り暮らしだった。

マホガニーのコーヒーテーブルには、猥《みだ》りがわしい写真が並んでいる。

被写体は、どれも沙織だった。美人キャスターの顔と性器が写っている。

男の体の一部も写っていた。下半身だけだった。ペニスを清めさせたときの写真も撮るべきだったか。

男は少し後悔した。

いかがわしい画像をあえてプリントアウトしたのは、陽《ひ》が傾きはじめたころだった。画像データが何らかの理由で消えることを恐れたのである。

男は二時間あまり前に沙織の自宅マンションに車を走らせ、プリント写真を彼女の郵便受けに投げ込んだ。脅迫状は同封しなかった。

テレビの画面にコマーシャル《C》・フィルム《F》が流れた。

男はスマートフォンの凌辱《りょうじょく》写真をスクロールしはじめた。

これまでに犯《おか》した女たちの画像だ。獲物は三十人近かった。いずれも、有能なキャリアウーマンばかりだ。

被写体の女たちの白い肌は、例外なく血に塗《まみ》れている。乳房や秘部を赤く染めている者も少なくない。女たちの写真のほか、それぞれ戦利品の恥毛《ちもう》も保存してある。その多くは血で汚れていた。

男は改めて画像を眺めた。

レイプした女たちに個人的な恨みは何もなかった。賢い美人だったことが不運だったのである。

男は一年数カ月の間に三十人近い才女を辱しめ、被害者たちから口止め料を脅し取ってきた。総額で二億数千万円になる。

その金は、納戸《なんど》の隅《すみ》の段ボール箱にほうり込んであった。まだ一円も手をつけていない。

男には収入の途《みち》があった。

特殊な能力を発揮して、かなりの高収入を得ている。女たちから口止め料をせしめたのは、いわば行きがけの駄賃《だちん》だった。

ふたたびテレビを観る。

沙織がウクライナの反転攻勢の最新情報を伝えはじめた。ロシア軍は劣勢に陥《おちい》ったらしい。ニュース原稿を読みながら、彼女は何度か辛《つら》そうな顔つきになった。

視聴者たちは、キャスターがロシアによるウクライナ侵略を憂《うれ》いていると受け取ったかもしれない。しかし、傷の疼《うず》きに耐えているにちがいなかった。

男は沙織を辱《はずかし》めた後、すぐに帰宅したわけではなかった。

明け方まで『広尾ロイヤルパレス』の近くにいた。男は犯行前に、沙織の自宅に高性能の超小型盗聴器を仕掛けた。

車の中で受信機のレシーバーを耳に当てていたが、沙織は一一〇番しなかった。救急車も呼ばなかった。

知り合いの男性の外科医をこっそり自宅に呼び寄せたのは、朝焼けで東の空が染まったころだった。

沙織は侵入者に傷つけられたことは話したが、身を穢《けが》された事実は明かさなかった。彼女は外科医に傷の手当てをしたことを口外しないでほしいと幾度も繰《く》り返した。

知性と誇りの塊《かたまり》のようなインテリ女性たちも、やはりスキャンダルや弱みを世間には知られたくないのだろう。弄《もてあそ》んだ女たちは一様に被害事実をひた隠しにし、口止め料の要求に応じた。

人気キャスターも、自分に牙を剝きはしないだろう。

男は、沙織の凌辱写真をまとめて封筒に収めた。

そのとき、不意に欲望がめざめた。男は自分の烈《はげ》しい性衝動に戸惑《とまど》いを覚えた。高校生や大学生ではない。男は荒々しい欲望を捩じ伏せた。

自分は並の人間ではないという自負があった。知力も体力も秀《ひい》でている。かつて働いていた組織では感情や欲望を抑《おさ》え、冷静に行動することをさんざん訓練させられた。

その結果、超人めいた運動能力や特殊技能も身についた。

特殊な人間を養成する立場だったこともある。そんな自分が性欲に振り回されるとは、あまりにも情けない。

男は溜息《ためいき》をついて、軽く目を閉じた。

頭を空《から》っぽにする。何も考えないようにした。

しかし、テレビの音声は耳に入ってくる。沙織の声を聴いていると、脳裏《のうり》にレイプシーンが鮮やかに蘇《よみがえ》った。

そのとたん、男の欲情は一段と勢いを増した。

沙織の肌や血の匂いまで思い出した。血のぬめりも指先に感じはじめた。沙織の息遣いも耳の奥で響きだした。

くそっ、なんてことだ。

男は自分を罵倒《ばとう》したい気持ちだった。忌々《いまいま》しく、腹立たしかった。

いつの間にか、『リアルタイム』は終了していた。

男はテレビの電源スイッチを切って、バーボン・ロックを飲み干《ほ》した。

すぐにウイスキーをなみなみとグラスに注《つ》ぎ、ふた口で空《あ》けた。喉が灼《や》けたように熱い。

男はソファから立ち上がり、居間に隣接している洋室に入った。

そこには三台のデスクトップ、ｗｉｆｉ《ワイファイ》ルータなどが並んでいる。スチール・キャビネットの棚《たな》には、各種の機材などが置いてある。

男はハッキングや盗聴のエキスパートだった。

近所の者にはゲームデザイナーと偽《いつわ》っていたが、ハッキングや盗聴で企業秘密を収集し、生計を立てていた。いわば、産業スパイだった。

ビジネスの通信手段として、コンピューター、ファクス、スマートフォンなどは欠かせない機器だ。しかし、これらの文明の利器は弱点だらけと言っても過言ではない。油断は禁物だ。

企業のコンピューターに侵入して、データを盗み出すハッカーもいる。また、データやプログラムを破壊する不心得者が後を絶たない。

アメリカの産業界はハッカーたちによって、年間三千億ドルも損害を被《こうむ》っている。

アメリカの巨大ネットワークのインターネットも弱点だらけだ。

インターネットは百六十カ国以上の政府機関、民間企業、大学、個人など独立したコンピューター・ネットワークが通信回線で網の目状に接続されている。利用者は、いまも急増中だ。

インターネット上のコンピューター同士は、自由に情報交換できる。当然のことながら、各国の軍事情報のデータベースは閉じられている。

しかし、現実にはコンピューターのプロテクトを破るハッカーが何人もいる。その大多数は、ありとあらゆる回線を使って、ネットに潜り込んでいるようだ。

インターネットのような巨大システムになると、ハッカーを捜し出すのはたやすくない。その気になれば、他人のパスワードを知り得るからだ。しかし、ハッカーとしての楽しみは薄い。入力者の知恵や心理を読み取りながら、パスワードを割り出してこそ、喜びが大きいわけだ。

男は二台のパソコンのディスプレイを見た。

左側の機種は、巨大商社の経営管理システムにアクセスしている。機種には、高性能な非合法装置を接続してあった。必要な情報だけが伝送されてくる。

右側の機種は、電力会社の一般データベースのシステムに侵入していた。不法スクリーンに伝送されてくる情報から、企業の不正や弱点を探り出しているのだ。

並の非合法装置ではなかった。

いまのところ、大きな収穫はない。

男は回転椅子に腰かけ、ヘリウムガスの詰まったボンベを抱《かか》え込んだ。

ヘリウムは水素の次に軽い気体で、無色無臭だ。ほかのどのような元素とも化合しない。気球のガスに用いられている。

男はヘリウムガスを肺いっぱいに吸い込み、すぐに沙織のスマートフォンのナンバーを打ち込む。少し待つと、人気ニュースキャスターの声が響いてきた。

「辺見です」

「意外に元気そうだな」

男は嗄《しわが》れた声で言った。ヘリウムガスで、声を変えたのだ。

仮に録音されたとしても、何も不安はない。一時的ではあるが、本来の声紋《せいもん》とは変わっているだろう。

「どなた？」

「昨夜《ゆうべ》、いや、正確にはきょうってことになるな」

「フェイスマスクの男ねっ」

「そうだ。傷はどうかな？」

「あなたのことは赦《ゆる》せないわ」

「なぜ、警察に通報しなかった？」

「それは……」

「おまえの自宅マンションの集合ポストに面白いプリント写真を入れといた。どの写真にも、おまえの顔と秘部が写ってる」

「なんですって⁉」

沙織が絶句した。

「画像のデータが欲しければ、二千万円用意しろ」

「そんな脅しに屈すると思ったら、大間違いよ」

「なら、おまえのファック画像がネットにさらされることになるな」

「好きなようになさい！」

「そのうち、きっと気が変わるだろう。また、連絡する」

男は電話を切って、作動していないパソコンを起動した。

キーボードを叩く。ディスプレイに、次の獲物に関する情報が流れはじめた。

………(28)片瀬真帆　弁護士　二十九歳……

(29)二瓶友佳《にへいゆか》　大学准教授　三十三歳……

(31)松永千秋《まつながちあき》　歯科医　二十九歳………

たっぷり嬲《なぶ》ってやるか。

男は唇を歪め、両切りピースをくわえた。

3

悲鳴が聞こえた。

真帆の声だった。床に這《は》いつくばって盗聴器を探していた反町は、反射的に立ち上がった。

新宿区下落合三丁目にある『目白《めじろ》パールレジデンス』の五〇五号室だ。真帆の自宅である。依頼人は、居間の隅に置かれたファクスの前に立っていた。受信紙を持つ手がわななと震えている。

「どうしたんです？」

反町は美人弁護士に近づいた。

立ち止まると、真帆が怯《おび》えた表情で受信紙を差し出した。反町はそれを受け取り、すぐに通信文を読んだ。

用心棒を雇ったようだな。しかし、計画は実行する。

予告通りに、おまえを辱《はずか》しめてやる。血を流しながら、ベッドで泣け！

反町は発信元を見た。

影法師《かげぼうし》と名乗っている。発信場所は、高円寺《こうえんじ》のコンビニエンスストアだった。

「そのファクスを送ってきたのは、凌辱予告をした男にちがいありません」

真帆が震え声で言った。

「そうみたいだね」

「あなたにガードをお願いしたこと、なぜ知ってるの⁉」

「おそらく影法師と名乗る男は、事務所からあなたを尾《つ》けてたんでしょう」

「多分、そうなんでしょうね」

「店に問い合わせてみます」

反町はコンビニエンスストアに電話をした。

少し待つと、先方の受話器が外れた。電話口に出たのは店長だった。

「警察の者ですが、いま、店のファクスを利用した客がいますね？」

反町は確かめた。

「は、はい」

「どんな奴でしたか？」

「年齢ははっきりしませんけど、割に背の高い方でしたね。カジュアルな服装でした」

「体型は？」

「細身でした」

「顔に何か特徴は？」

「黒いニット帽を被《かぶ》って、マスクをしてたんですよ。だから、顔かたちはよくわかりませんでした」

「どんな目をしてました？」

「ちょっと奥目で、陰気な感じだったな」

相手が少し考えてから、そう答えた。

「そいつは以前に何度か店に来たことがあります？」

「いいえ、初めてのお客さんだと思います、まるで見覚えがありませんでしたので」

「そう」

「さっきの男、何か危《ヤバ》いことをしたんですね。何をやったんです？」

「悪いが、そういう質問には答えられないんだ。忙しいところを申し訳ない。協力に感謝します。ありがとう」

反町は礼を言って、通話を切り上げた。

すると、依頼人が問いかけてきた。

「何かわかりました？」

「いや、残念ながら……」

「いつも調査のときは、刑事に化《ば》けているんですか?」

「ごくたまにですよ。法律には触《ふ》れることだが、調査が捗《はかど》るんで」

「そうでしょうけど」

「法律家には叱《しか》られそうだな」

「あまり感心はできません。それはそうと、盗聴器、見つかりませんね」

「これだけ探しても見つからないんだから、仕掛けられてないのかもしれないな」

反町は言った。真帆が安堵《あんど》した表情になる。

二人は赤坂のホテルから、まず西新宿六丁目にある片瀬法律事務所に向かった。すでに女性事務員と調査員はいなかった。

反町と真帆は手分けして、所内をくまなく検《しら》べてみた。しかし、盗聴器の類《たぐい》は見つからなかった。そこで、二人は事務所を出て、このマンションにやって来たのだ。1LDKの室内の隅々まで目を走らせてみたが、やはり盗聴器はどこにも仕掛けられていなかった。

「最近、誰かにスタンドとか目覚まし時計なんかを贈られたことは?」

反町は訊いた。

「ありません」

「ラジオや置物も? そういった商品に盗聴マイクが仕掛けられていることもあるんですよ」

「そういう物を貰《もら》ったこともありません」

真帆が首を振った。

そのすぐ後、ソファセットの横にあるサイドテーブルの上で固定電話が鳴った。美しい弁護士が一瞬、身を強張《こわば》らせた。すでに午前一時を回っていた。

「影法師からかもしれません。そうだったら、音声をスピーカーにしてくれないか」

反町は言った。

真帆が大きくうなずいて、こわごわ受話器を摑《つか》み上げた。ほとんど同時に、スピーカーから男の濁《にご》った声が洩《も》れてきた。

「影法師だ。ファクスの通信文を読んだな」

「くだらない厭がらせはやめなさいっ」

真帆が詰《なじ》った。

「厭がらせか。くっくっ。あんた、甘いな。おれは本気なんだ」

「あなた、自分の意思でこんなことをしてるんじゃないんでしょう？　誰に頼まれたの？」

「…………」

男が沈黙した。

影法師の声は、かすかに震えを帯《お》びている。口に何か含んでいるようではない。ボイス・チェンジャーを使っているようでもなさそうだ。

反町は耳に神経を集めた。

「おい、番犬！　何か言えよ。どうせ片瀬真帆のそばにいるんだろうが？」

「ここには、誰もいないわ。あなた、何か勘違いしてるわね」

「おれの目は節穴《ふしあな》じゃない。おまえにどんな用心棒がつこうが、おれは計画を実行する」

「なぜ、わたしを狙うの？　それを教えてちょうだいっ」

真帆が叫ぶように言った。言い終わらないうちに、電話は切られていた。


男は受話器を置いた。

自宅だった。美人弁護士は、すっかり怯えたようだ。

他人に恐怖感を与えるのは、なんとも愉《たの》しい。ことに美貌に恵まれた才媛《さいえん》をいたぶるのは最高だ。男は一服すると、パソコンルームを出た。

居間を通って、廊下を進む。廊下の奥に寝室があった。八畳の和室だ。

男は引き戸を開けた。

室内は暗かった。一組の夜具が敷《し》かれ、そのかたわらに全裸の女が正坐している。妻ではない。女は二十代の後半だった。

「久しぶりに、おまえの体の隅々まで見たくなった。電気を点けろ！」

男は女に命じた。

「それだけは赦《ゆる》して」

「つまらないコンプレックスなんか早く捨てたほうがいい。おまえは、並の女よりも綺麗なんだから」

「あなたに、わたしの気持ちはわからないわ」

「同じ痛みを背負ってなければ、永久に理解できない？」

「ええ、そうだと思うわ」

女はさらに何か言いかけたが、急に口を噤《つぐ》んだ。長い吐息《といき》をつく。

「くわえるんだ」

男は女の前に立った。

女が男のチノクロスパンツとトランクスを一緒に引き下げ、ペニスに唇を被《かぶ》せる。男は突っ立ったままだった。

女は暗がりの中で奉仕しつづけた。胡桃《くるみ》に似た部分を揉みながら、舌を熱心に乱舞させる。

しかし、男の分身はなかなか昂《たか》まらなかった。

女は一段と舌技に熱を込めた。先端の張り出した部分を舌の先で掃《は》くようになぞり、鈴《すず》口《ぐち》をくすぐる。さらに裏筋のあたりに舌を滑《すべ》らせ、幾度も深く呑み込んだ。

ようやく男の体は力を漲《みなぎ》らせはじめた。

だが、持続力は弱かった。ともすると、萎《しぼ》んでしまう。

「やっぱり、これだけじゃ無理だな」

男は腰を大きく引き、畳に片膝を落とした。すぐに女の頭を両手で押さえ、眉間《みけん》に頭突《ずつ》きを浴びせる。

女が呻《うめ》いた。少し経つと、鼻から血が垂《た》れはじめた。かなりの量だった。

「鼻血を拭《ぬぐ》ったら、絞《し》め殺すぞ」

男は立ち上がって、分身を女の口に押しつけた。

女の唇は、血でぬめっていた。男は陰茎を女の口中に突き入れ、ひとしきり腰を動かした。いわゆるイラマチオだ。血の臭いが欲情に火を点けたのだ。

「こんなひどいセックスは、今夜限りにして」

女が顔を離し、か細い声で訴えた。

「いやなのか？」

「辛いのよ」

「しかし、おまえはおれに逆らえる人間じゃないんだ。そのことを忘れるなっ」

男は女を夜具の上に転がすと、荒っぽく組み敷いた。すぐに熱い塊を潜《くぐ》らせる。

女の中心部は、ほとんど濡《ぬ》れていなかった。それでも男は女の鼻血の匂いを嗅ぎながら、ダイナミックな律動を加えはじめた。

依頼人は蒼《あお》ざめたままだった。

反町はコーヒーテーブルを挟《はさ》んで、真帆と向かい合っていた。

「なんだか怖いわ」

「ずっと一緒にいますよ。先に寝《やす》んでください。こっちは、この長椅子で横にならせてもらいます」

「ここじゃ、眠れそうもないわ」

「なら、こちらが泊まってる部屋に来ますか？　あなたは、奥にある寝室を使うといい」

「反町さんは、どうなさるの？」

真帆が訊いた。

「控えの間の長椅子で寝ますよ。寝室のドアは内側からロックできますので、どうかご安心を」

「それでは、反町さんに申し訳ないわ」

「しかし、ここでは眠れそうもないんでしょ？」

「ええ、多分……」

「遠慮はいりませんよ。着替えや洗面用具をバッグに詰めてください」

「本当に、いいのかしら?」

「赤坂グレースホテルなら勝手がわかってるから、ガードしやすい。こちらもありがたいんだ」

反町は、にこやかに言った。

「それじゃ、お言葉に甘えさせていただこうかな」

「ええ、どうぞ」

「大急ぎで仕度《したく》をします」

真帆が立ち上がって、ベッドのある部屋に消えた。

反町は煙草に火を点けた。一服し終えたころ、真帆が寝室から姿を見せた。パンツスーツに着替え、ブランド物の大型バッグを提《さ》げている。

二人は、ほどなく部屋を出た。エレベーターで地下一階の駐車場まで降りる。

真帆の車は、赤いアウディだった。自分の車に乗りかけた彼女に反町は声をかけた。

「しばらくアウディには乗らないほうがいいな」

「そうね、赤い車は目立つから」

「こっちの車に乗ってください」

「はい」

二人は歩きだした。

反町はボルボXC60とジープ・ラングラーを乗り分けていた。青みがかったグレイのボルボは、赤坂のホテルの駐車場に置いてある。

いくらも進まないうちに、コンクリートの支柱の陰から黒い影が現われた。

真帆が声をあげ、立ち竦《すく》む。反町は依頼人を背の後ろに庇ってから、上着のボタンを外した。

目の前に立っているのは、どことなく崩《くず》れた感じの若い男だった。堅気《かたぎ》ではなさそうだ。中肉中背だった。二十六、七歳だろうか。

「何か用かな?」

反町は男を見据えた。

「ちょっと弁護士先生に話があるんだ。怪我《けが》したくなかったら、おたく、消えたほうがいいぜ」

「どこのチンピラだ?」

「なんだと!」

男が気色《けしき》ばみ、突進してきた。

反町はベルトの下から、特別注文の短杖《たんじょう》を引き抜いた。

警察官が使っている特殊警棒にヒントを得て作らせた護身具だった。伸縮式で、素材はニッケルクローム・モリブデン鋼だ。三段式で、最長四十八センチまで伸びる。太さは

い。

二・五センチだ。

六角形だった。握りの部分には鉛が入っている。それで敵を突き、払い、叩く。

男が走りながら、右の拳《こぶし》を肩口のあたりまで引いた。ロングストレートを放つ気らしい。

反町は急《せ》かなかった。

間合いが縮まった。反町は特殊短杖を腕いっぱいに伸ばし、無造作にタッチボタンを押した。勢いよく伸びた金属短杖の先端が、男の眉間を直撃する。

男は体をくの字に折りながら、後方に吹っ飛んだ。そのまま、コンクリートの床に倒れた。

「誰に雇われた?」

「て、てめえーっ」

「脳天、かち割られたいらしいな」

反町は特殊短杖を上段に構えた。剣道三段だった。柔道は二段だ。

「この野郎、ぶった斬《ぎ》ってやる」

男がコンクリート支柱の陰に這って進んだ。

すぐに通路に現われた。男は七十数センチの白刃《はくじん》を握っていた。いわゆる段平《だんびら》だった。

鍔《つば》はない。刀身の反りは小さかった。厚みがあり、波形の刃文《はもん》は淡い。

反町は少しも恐怖を覚えなかった。

美人弁護士の目を意識して、虚勢を張ったわけではない。事実、少しも怖くなかった。SP時代に、刃物を振り回す暴漢の対処の仕方を数えきれないほど訓練させられた。また、職務中にそうした場面に遭遇《そうぐう》したことも一度や二度ではなかった。

「反町さん、逃げましょう。ひとまず逃げたほうがいいと思うの」

真帆が小声で言い、反町の上着の裾《すそ》を引っ張った。

「心配ありませんよ。あなたはエレベーターホールの近くまで退《さ》がっててくれないか」

「でも……」

「急ぐんだ」

反町は声を高めた。少し迷ってから、真帆が後方に回った。

男が突進《ダッシュ》した。段平は斜め中段に構えられている。

反町は動かなかった。男が足を止めるなり、白刃を振り下ろした。

刃風は重かった。だが、切っ先は届かなかった。反町は段平が下がりきったとき、特殊短杖で白刃の峰を思うさま叩いた。

段平が床に落ちる。青い火花が散った。

男はうろたえながらも、白刃の柄《つか》に手を伸ばした。反町は段平を踏みつけながら、特殊短杖で男の首筋を打った。

男が横倒しに転がった。

ちょうどそのとき、駐車中のスロープを大型バイクが勢いよく下ってきた。ボディは青紫色だった。大型バイクは、まっしぐらに突き進んでくる。どうやら段平を振り回した男の仲間らしい。

反町は白刃を足で駐車中のベンツの下に蹴《け》り込み、横に跳《と》んだ。

バイクは巧《たく》みにスピンした。男が起き上がり、シートに打ち跨《また》がった。大型バイクは翔《か》けるように発進した。ナンバープレートの数字は、黒いビニールテープで隠されていた。

反町は追った。

スロープを駆け登り、マンションの前に出る。だが、すでに大型バイクは闇に紛《まぎ》れていた。

駐車場に戻ると、真帆が走り寄ってきた。

「お怪我は？」

「大丈夫です。それより、びっくりさせてしまったな。ごめんなさい」

「なぜ、謝るんです？」

「依頼人に気づかれないうちに暴漢を押さえるのがプロの仕事です。今後は少し気持ちを引き締めます」

反町は言って、特殊短杖を縮めた。十数センチになった護身具をベルトに差し挟んだ。

「いつもそれを携帯してるんですか？」

「仕事中はね。車には、高圧電流銃《スタンガン》と狩猟用強力スリングショットを積んであります」

「スリングショットって、子供たちが使っているパチンコですか？」

「原理は同じなんです。しかし、小石やおはじきじゃなく、鋼鉄球を飛ばすんですよ。リス程度の小動物なら、一発で仕留められる。スリングショットが正しい名称なんです」

「そんなに威力があるんですか」

真帆が目を丸くした。

「手術用のゴム管が使われてるんですよ」

「国産じゃないんでしょ？」

「ええ、アメリカ製です。向こうではスポーツ用品店なんかで売られてる。射程距離は百メートル近いから、かなりの威力なんですよ」

「強力パチンコといっても、侮《あなど》れないのね」

「その通りです。ところで、さっきの男に見覚えは？」

「ありません」

「バイクの男はフルフェイスの黒いヘルメットを被ってたから、顔はよくわからなかったな」

「ええ」

「とにかく、こっちの塒《ねぐら》に行きましょう」

反町は真帆をジープ・ラングラーに導いた。

先に運転席に乗り込み、手早く助手席のドアを押し開ける。真帆がシートに坐った。

反町は四輪駆動車を走らせはじめた。目白通りから早稲田《わせだ》通りを抜け、外堀《そとぼり》通りに出る。すでに午前二時過ぎだった。どの道も空《す》いていた。

ホテルの部屋に着くと、依頼人が遠慮がちに言った。

「バスを使わせてもらってもよろしいでしょうか？」

「どうぞ、どうぞ！　なんなら、お背中を流しますよ」

反町はおどけた。

真帆が軽く受け流し、パジャマとガウンを持って浴室に足を向けた。

反町はリビングソファに腰かけ、さきほどの二人組のことを考えはじめた。もたついている裁判の関係者を洗えば、男たちの雇い主は割り出せるのではないか。

凌辱予告をさせたり、チンピラを送り込んだり、卑劣漢そのものだ。

反町はたてつづけに、三本のマールボロを喫った。

それから、長椅子に身を横たえた。ぼんやり天井を眺めていると、ドアのあたりで物音がした。凌辱予告をした男がやってきたのか。

反町は跳ね起き、ドアに忍び寄った。

ノブが回る。ドアが開けられた。反町はドアの後ろに身を潜《ひそ》め、息を殺した。

「なあんだ、仕事じゃなかったのね」

右近和香奈がそう言いながら、奥に向かった。彼女は、ホテルには内緒でこしらえたスペアキーを抓《つま》んでいた。

「和香奈……」

反町は呼びかけた。

和香奈が立ち止まって、ゆっくりと振り返った。百六十五センチの体は、完璧なまでに均斉がとれている。

「ベッドで朝まで待つつもりで、押しかけてきちゃったの」

「今夜は、まずいんだ。ちょっと事情があって、依頼人をここに泊めることになったんだよ」

「依頼人って、若い女性弁護士だったわね。まさか……」

「何だよ、まさかって？」

「ひょんなことから、親密な関係になってしまったとか？」

「おれは依頼人に手を出すような男じゃない」

「案外、隅に置けない男だから」

和香奈がそこまで言い、不意に困惑顔になった。

反町は振り返った。

浴室のドアが細く開き、真帆が当惑した様子でこちらを見ている。和香奈は真帆に会《え》釈《しゃく》すると、圧《お》し殺した声で言った。

「そういうことだったのね、最低《ナンバーテン》!」

「待てよ。誤解するなって。彼女は依頼人の片瀬真帆さんなんだ。いま、紹介しよう」

「結構ですっ。これで、ジ・エンドね」

「何を言ってるんだ。ばかばかしい!」

反町は取り合わなかった。和香奈は二重瞼《ふたえまぶた》のくっきりとした両眼をちょっと瞬《また》かせると、小走りに部屋を飛び出していった。

そのうち誤解は解けるだろう。反町は追わなかった。

「いまの方、反町さんとは親しい女性なんでしょう?」

真帆が訊いた。

「ええ、まあ」

「わたしがこんな恰好だったので、何か勘違いされたようですね」

「気立ては悪くないんだが、彼女、少しそそっかしいんですよ」

「彼女に事情を話して、わたし、謝ります。後で、連絡先を教えてくださいね」

「そんなことをする必要はありません」

「ですけど……」

「彼女のことは本当に気にしないでください」

反町は言った。

「そういうわけにはいきません。それから、わたし、ここに泊めていただくのはやめます。申し訳ありませんけど、フロントに空《あ》き室があるかどうか訊いていただけますか？」

「多分、満室ということはないでしょう」

「それでしたら、ぜひお願いします」

真帆が両手を合わせた。

反町は微苦笑し、部屋の内線電話機に歩み寄った。

4

陽光が瞳孔《どうこう》を刺す。

反町は目を細めながら、ボルボＸＣ60を運転していた。朝の九時過ぎだった。車は西新宿六丁目に向かっていた。

「反町さん、昨夜《ゆうべ》は一睡もなさらなかったの？」

助手席に坐った真帆が、しっとりとした声で問いかけてきた。

きのうの晩は、結局、依頼人が新たに取った部屋で一緒に夜を明かした。真帆はひとりになると、いかにも不安げだった。そんなわけで、反町は依頼人のそばから離れなかったのである。真帆は熟睡できなかったようで、いくらか瞼が腫《は》れぼったかった。

「数時間は眠りましたよ、ドア・ノブに鈴をぶら提《さ》げましたんでね」

「でも、床に直《じか》に寝られたから、体が痛かったでしょう？」

「馴《な》れていますんで、どうってことはありません」

「ツインベッドのお部屋だったんだから、ベッドで寝《やす》まれればよかったのに」

「そうしたかったんだが、悪い癖《くせ》が出るとまずいんでね」

反町は言った。

「悪い癖って？」

「若くて美しい女性を見ると、つい口説《くど》きたくなるタイプなんですよ」

「あら、あら」

「あなたの隣のベッドを使ってたら、よからぬ振る舞いに及んでたかもしれません」

「ずいぶん女馴れしてらっしゃるみたいね。それはそうと、きのうの女性、とても素敵だったわ。お綺麗だし、お人柄もよさそうだったし」

「ただ、そそっかしくてね。あなたとこっちの仲を疑うなんて、まるで小娘だ」

「わたしが彼女だったら、同じように誤解したかもしれません。あの方は、反町さんのことだけを考えて生きてらっしゃるんでしょうね」

真帆が羨《うらや》ましげに言った。

美人弁護士には、親密な関係の男がいないのか。そうなら、口説くチャンスもありそうだ。反町はにやついて、ステアリングを切った。

それから間《ま》もなく、目的のオフィスビルに着いた。車を地下駐車場に入れ、真帆とともにエレベーターに乗り込む。

片瀬法律事務所は七階の外れにあった。

出入口の近くに三つの事務机が並び、その奥が所長室になっていた。反町は女性事務員と六十年配の男性調査員を紹介された。調査員は小室剛《こむろたけし》という名だった。

反町は真帆と一緒に所長室に入った。嵌《は》め殺しのガラス窓から陽が射《さ》し込み、部屋の中は明るい。

真帆が桜材の執務机に向かい、裁判関係の書類に目を通しはじめた。彼女の背後には重厚な書棚が壁いっぱいに並び、法律書で埋まっている。執務机のかたわらには、布張りのソファセットがあった。

「きょうのご予定は？」

反町は訊いた。

「ここで二組の依頼人たちとお目にかかることになっています。それから外出の予定は午前十一時に東京地方裁判所に行くことになっているだけです」

「それでしたら、こっちは午後から調査に出ることにしましょう。あなたのガードは、助手にやらせます」

「助手の方がいらしたんですか」

「正規の助手じゃないんですがね。本業は私立探偵なんです」

「どんな方なのかしら？」

「一見、優男《やさおとこ》ですが、パワー空手の有段者なんですよ。藤巻隆之《ふじまきたかゆき》という名で、二十九歳です」

真帆が言った。

「パワー空手の有段者なら、心強いわ」

反町は少し気が咎《とが》めた。藤巻がパワー空手の有段者だという話は事実ではなかった。腕力は、からっきし駄目なほうだ。

「地裁に出かけるまで、少し体を休めてらして」

「その前に、もう一度、盗聴器のチェックをしておきます」

「昨夜《ゆうべ》、あれほど探したんですから、盗聴器は仕掛けられてないでしょう」

真帆が言った。

「念には念を入れたほうがいいな。ピーナッツ大の盗聴マイクがたくさんありますのでね」

「そんなに小さい物まであるんですか」

「ええ」

反町は所長室を入念に検《しら》べはじめた。

しかし、やはり盗聴器は見つからなかった。それでも安心はできない。場合によっては、盗聴防止コンサルタントの力を借りるつもりだ。

彼らは盗聴電波を受信する広域電波受信機や高性能探索機を使って、たちまち仕掛けられた盗聴器を発見する。割に繁昌《はんじょう》しているようだ。

反町は真帆の専用室を出て、女性事務員や調査員のいる部屋で寛《くつろ》ぎはじめた。

出入口は一カ所しかない。凌辱予告犯が押し入ってきたら、ここで喰《く》いとめる気でいた。

雑誌を読みながら、時間を遣《や》り過ごす。

真帆が所長室から出てきたのは十時五分ごろだった。反町は自分の車に真帆を乗せ、日比谷《ひびや》にある東京地方裁判所に向かった。

道路は割に混んでいた。目的地に着いたのは、十一時七分前だった。

真帆は慌《あわ》ただしく裁判所に入っていった。

反町は地方裁判所の玄関前で、懐からスマートフォンを取り出した。藤巻は、芝大門《しばだいもん》二丁目にある古ぼけた賃貸マンションに住んでいる。そこは事務所を兼ねた自宅だった。

　藤巻は元保険調査員である。アメリカのハードボイルド小説にかぶれ、わざわざ私立探偵に転身した変わり者だ。

　念願の探偵になったはいいが、あまり仕事には恵まれていない。
　三、四カ月に一件ほど浮気調査の依頼がある程度だった。ふだんは、便利屋よろしく雑多な頼まれごとをこなしている。それで喰えないときは、特技のパチンコで生活費を稼《かせ》ぎ出していた。まだ独身だ。
　反町は、飲み友達の藤巻にちょくちょく下請け仕事を回している。

　電話をすると、待つほどもなく藤巻の明るい声が響いてきた。

「こちら、国際《こくさい》探偵社です」

「起きてたな」

「反町さんだったんすか」

「そうがっかりした声を出すなって」

「なんか仕事を回してくれるんっすか？」

「まあな。ただ、和製マーロウに半端《はんぱ》な仕事を回すのもどうかと思って、ちょっと迷ってんだ」

「どんな仕事でも、おれ、やるっすよ。反町さんがプレゼントしてくれたランドクルーザーをがんがん乗り回したいんだけど、ガソリン代がままならなくて……」

藤巻がぼやいた。

反町は半年ほど前に裏稼業で、藤巻に世話になったことがあった。そのとき、悪人から脅し取った金の一部で貧乏探偵に四輪駆動車を買ってやったのだ。謝礼のつもりだった。

「先月の家賃も払ってないんすよ。金、欲しいっすね」

「藤巻ちゃんは、あえて禁欲的《ストイック》な暮らしをしてるんじゃなかったっけ?」

「基本的なスタンスは変わってないっすよ。余計な金なんか持ったら、人間の精神は必ず堕落しますからね」

「車を持つことも、マンション暮らしをすることも、贅沢《ぜいたく》といえば、贅沢だよな」

「車は貰ったもんだし、マンションといっても築三十三年のオンボロなんす。精神の荒廃に繋がるような贅沢じゃないっすよ」

藤巻は、反町のからかいに本気で腹を立てているようだった。

「できたら、いますぐに日比谷の地裁に来てほしいんだ。おれの代わりに、美人弁護士のガードをやってもらいたいんだよ」

「いい仕事っすね」

「気に入ってもらえたらしいな。今度の依頼人は、どうも訴訟の縺《もつ》れで逆恨みされてるようなんだ」

反町はそう前置きして、経緯《いきさつ》を手短に伝えた。口を結ぶと、藤巻が即座に言った。

「その片瀬真帆って弁護士、さぞ怯えてるんでしょうね。おれ、ノーギャラでも彼女を護《まも》ってやりたい気持ちっすよ」

「なら、日当なしで頼むか」

「反町さん、それはないっすよ。日当三万は貰いたいっすね」

「男の人生は金じゃなく、誇りと心意気だったんじゃないのか。え？」

「いじめないでくださいよ。おれだって、生きていかなきゃなんないんすから、ぎりぎりの金は……」

「わかった。日当三万は払ってやるから、大急ぎでこっちに来てくれ」

反町は先に電話を切った。


熱帯魚が集まってきた。

男は大型水槽に固形餌《えさ》を落としながら、受話器を握り直した。電話の向こうで、人気ニュースキャスターは沈黙している。

「いい写真だったろう？　夕方五時までに二千万円の預金小切手を用意しろ」

「そんな大金、用意できるわけないでしょっ」

「嘘をつくな。おまえは関東テレビの『リアルタイム』のメインキャスターになったとき、一億円の契約金を貰ったはずだ」

「なぜ、そんなことまで知ってるの⁉」

辺見沙織が声を裏返らせた。

「おれには何もかもお見通しなんだよ。京和《きようわ》銀行に三千万円、三協《さんきよう》銀行に四千万の定期預金があるな」

「…………」

「預金小切手を茶封筒に入れ、歌舞伎町《かぶきちよう》のシネコンに入ってるスクリーン3の三列目中央のシートに置け。時刻は午後六時だ」

「その時間は、もう番組の打ち合わせがはじまってるわ」

「スタッフに怪しまれないよう席を外して、おまえ自身が指定場所に来るんだ。いいな！」

「わかったわ。それで、写真のデータは渡してくれるんでしょうね？」

「二千万円の預手《よて》を受け取ったら、速達で送ってやる」

「ほんと？　もしも、わたしを騙《だま》したら、捨て身で闘うわよ」

「名声も人気も捨てるってわけか」

「ええ、その覚悟よ」

「くっくっく。とにかく、指示した通りに動け。警察に泣きついたら、おまえを殺す」

男は言って、一方的に通話を打ち切った。ヘリウムガスの効力が薄れ、地声《じごえ》に戻りかけていた。

長く喋りすぎてしまった。男は受話器をフックに戻すと、水槽のガラスに顔を寄せた。グッピーとネオンテトラが群れをつくって藻《も》の間を泳ぎ回りながら、行儀よく順番に固形餌を食べていた。

「ヒロコ、もっと食べろよ。タダシは少し喰いすぎだな」

男は熱帯魚に一匹ずつ語りかけた。

ちょっと見ただけでは、とても見分けがつかない。しかし、男には熱帯魚の背鰭《せびれ》や尾鰭のわずかな違いで、一匹ずつ完璧に見分けることができた。

「ここにいつまでもいると、あいつらが焼き餅《もち》を焼きそうだな」

男は観葉植物の鉢が並ぶ場所を顎《あご》でしゃくり、餌の入った袋を棚の上に戻した。その目は、別人のように柔和《にゅうわ》だった。

近くにランドクルーザーが停《と》まった。

東京地方裁判所の駐車場だ。反町はボルボの車体に凭《もた》れて、マールボロを吹かしていた。

ランドクルーザーから藤巻が降りてきた。

ビブロスのベージュのスーツを着ていた。ダークグリーンのネクタイはフェレだろうか。

藤巻は、いつものようにイタリアン・ファッションで身を固めていた。甘いマスクで、上背もある。どう見ても、ホストクラブのホストだ。

「早かったな。電話をしてから、二十分そこそこだ」

反町は言って、足許に落とした煙草の火を踏み消した。

「日当が悪くないんでね」

「洋服に金をかけるのもいいが、少しはまともなものを喰えよ。立ち喰い蕎麦《そば》や菓子パンばっかりじゃ、栄養失調になっちまうぞ」

「そんなことより、美人弁護士さんは？」

藤巻が話の腰を折った。

「会いたいか？」

「ええ。早く顔を見たいっすね」

「女に不自由してるからって、涎《よだれ》なんか垂らすなよ」

反町は茶化《ちゃか》して、先に歩きだした。すぐに藤巻が肩を並べる。

玄関ロビーに入ったとき、前方から真帆がやってきた。

「この彼が、さっき話した藤巻隆之です」

反町は自称和製フィリップ・マーロウの肩を抱いた。藤巻がハードムースで固めた前髪に手をやって、自己紹介した。

「あら、俳優さんのような方ね。とてもパワー空手の有段者には見えないわ」

真帆が言った。

「えっ、誰のことなんです？」

「誰って……」

「こいつ、万事に控《ひか》え目な男なんですよ」

反町は藤巻のヴァレンチノの靴を踏みつけ、依頼人に言った。

「そうなの。強い男こそ、強ぶったりしないと言いますものね」

「そうなんですよ。ここで、藤巻君にバトンタッチします」

「その前に三人で食事でもしません？」

真帆が言った。反町はつき合う気になった。藤巻は嬉しそうだった。

三人は内幸町《うちさいわいちょう》にある上海《シャンハイ》料理の店で、少し贅沢な昼食を摂《と》った。食生活の貧しい藤巻は運ばれてきた上海蟹《がに》を見て、あからさまに喉を鳴らした。

鮑《あわび》の旨煮《うまに》と鱶鰭《ふかひれ》のスープがテーブルに並ぶと、まるで子供のように目を輝かせた。デザートのマスクメロンを平らげるまで、貧乏探偵はほとんど喋らなかった。

店を出ると、真帆はランドクルーザーの助手席に乗り込んだ。

反町は二人と別れ、ボルボを大手町《おおてまち》に走らせた。

『帝都《ていと》重工業』の本社ビルに着いたのは十数分後だった。

数カ月前に過労死したと思われる前原肇《まえばらはじめ》については、依頼主から予《あらかじ》め少しばかり知識を得ていた。三十八歳で急死した前原は、資材課に属していた。死因は心不全だった。出世コースから外れていたからか、組合活動に熱心だったらしい。

真帆は、そのために前原が会社から疎《うと》まれ、過酷な仕事を押しつけられたと考えているようだった。事実、彼女はそのことを裏付けるような証言を調査員の小室に集めさせていた。

反町は新聞記者を装《よそお》って、組合関係者や故人と親しかった同僚たちと会った。

最初は一様に口が重かった。

「明日はわが身ということにもなりかねないんじゃないだろうか」

反町は相手を揺さぶった。すると、同僚のひとりが意外な事実を打ち明けてくれた。

半年前、リストラによる大量解雇を巡って、経営者側と組合側が激しく対立したことがあったらしい。争議のさなかに、前執行部の委員長が帰宅途中に何者かに襲われ、植物状態にされたという。

前原は自力で密《ひそ》かに調査をし、会社側が襲撃事件に関与している疑いがあることを突きとめたらしい。そして、内部告発の準備をしていたという。

その話が事実なら、会社側はもっと早い時期に荒っぽい方法で前原の口を封じるのではないだろうか。どんなにハードワークを与えたところで、前原が若死にするとは限らない。

『帝都重工業』が前原の過労死を労災として認めたがらないのは、単に悪《あ》しき前例をつくりたくないだけなのではないか。認めてしまったら、会社のイメージダウンになる。

『帝都重工業』が原告の前原の妻や弁護人の真帆を快《こころよ》く思っていないことは想像に難《かた》くない。といって、訴訟を取り下げさせるために、弁護士に恐怖感を与えているとは考えにくいのではないか。

反町はそう判断して、前原の周辺の調査を打ち切った。

品川《しながわ》区西五反田《にしごたんだ》にある『スターライト・コーポレーション』の本社に着いたのは、午後四時過ぎだった。

照明器具のデザイン盗用で、大手の同業者に訴えられた会社である。真帆の話によると、『スターライト・コーポレーション』は社員二百七十名の中堅会社らしかった。

製造工程の八割を東南アジアに散らばる合弁会社に請け負わせ、仕上げ工程と最終の品質検査を国内工場で行なっているという話だった。

同業の大手・準大手の年商が右肩下がりの低迷状態にある中、『スターライト・コーポレーション』だけが売上を伸ばしているらしい。

反町は経済誌の記者に化け、受付で鳥羽道文《とばみちふみ》社長との面会を申し入れた。拍子《ひょうし》抜けするほどあっさりと取材を許された。社長室は最上階の十三階にあった。

四十七歳の社長はゴルフクラブを握って、パターの練習をしていた。下膨《しもぶく》れの顔は赤銅色《しゃくどういろ》だった。脂《あぶら》ぎった感じで、いかにも社長という印象だ。

「アポなしで押しかけまして、申し訳ありません。先々月、創刊したばかりの経済誌『ビジネスナウ』の中村一郎《なかむらいちろう》と申します」

反町は深々と頭を下げ、偽名刺を差し出した。常に三十数種の偽名刺を持ち、適当に使い分けていた。

「どんな雑誌なの？」

「旬刊誌《じゅんかん》です。きょうはうっかり見本誌を忘れてしまいましたが、次回は必ずお持ちします」

「広告取りじゃないだろうね？」

「いいえ、違います。連載の社長インタビューの取材ですよ。次号に載《の》せさせてもらうつもりです」

「まあ、かけなさいよ」

鳥羽が総革《かわ》張りのソファセットを手で示した。

反町は目礼し、ソファに腰かけた。鳥羽が秘書らしい女性に茶の用意をするよう命じてから、正面にどっかりと坐った。

反町はもっともらしく取材の真似事《まねごと》をしてから、本題に入った。

「ところで、『協和電気《きょうわ》』さんからデザイン盗用で裁判を起こされたそうですね？」

「言いがかりだよ。照明器具のデザインなんてものは、どう工夫しても他社の製品と似通ってしまうんだ」

「それはそうでしょうが」

「うちの製品だって、他社にデザインをかっぱらわれてる。しかし、そんなことで騒ぎたてるのは大人げない」

「そうかもしれませんね」

「『協和電気』はうちに追い上げられて、焦ってるのさ。だから、小生意気《こなまいき》な女弁護士とつるんで、この会社を陥《おとしい》れようとしてる」

鳥羽が憤《いきどお》ろしげに言って、茶色い葉煙草《シガリロ》をくわえた。茶が運ばれてきたからだ。

反町は何気《なにげ》なく鳥羽のライターを持つ右手を見た。

小指の先が不自然に見えた。爪《つめ》も縦長《たてなが》ではなく、横に広い。まるで足の指を手の小指に接《つ》いだような具合だった。

「『協和電気』がうちに喧嘩《けんか》を売る気なら、こっちも買ってやる。『協和電気』の社長も厭な奴だが、片瀬とかいう女弁護士も気に入らないね。女のくせに、理屈ばかり言いやがって」

「それは仕方ないんじゃありませんか？　弁護士は、それが仕事ですからね」

「それにしても、生意気な女だよ。わたしはね、だいたいインテリ女が嫌いなんだ。古いと言われるかもしれないが、女は良妻賢母《りょうさいけんぼ》が一番だな」

「『協和電気』さんとは、とことんやり合うおつもりなんですか？」

「もちろん、そのつもりだよ。裁判で負けそうなら、『協和電気』の弱みを押さえてでも……」

鳥羽は、さすがに語尾を呑んだ。

この男が何者かを使って、真帆を脅しているのかもしれない。

反町は緑茶を啜《すす》って、鳥羽の顔を直視した。ひと癖もふた癖もありそうな面構《つらがま》えだった。

第二章　不審な影

1

電話が繋《つな》がった。

かけた先は警視庁組織対策部第四課だ。電話口に出たのは、当の力石だった。

「おれだよ」

反町は言った。車の中だった。

ボルボは、『スターライト・コーポレーション』本社のそばの路肩《ろかた》に寄せてあった。

「昨夜《ゆうべ》は儲《もう》けさせてもらっちゃって、申し訳ありません。妻にデザインリングを買ってやるつもりです。子供たちには服か何か買ってやりますよ」

「力石も、いいパパなんだな」

「先輩も和香奈さんと所帯を持ったほうがいいんじゃないですか。結婚すると、多少は自由がなくなりますが、そう悪いもんじゃありませんよ」

「けっ、偉そうに。おれには、おれの生き方があるんだ」

「それはそうでしょうけど」

「力石、ちょっと調べてもらいたい人物がいるんだ」

「誰なんです？」

力石の声に、緊張が感じられた。

「鳥羽道文、四十七歳。『スターライト・コーポレーション』って照明器具メーカーの社長だよ。鳥羽に前科《マエ》があるかどうか調べてほしいんだ」

「少し時間をもらえますか。これから、家宅捜索《ガサイレ》があるんですよ」

「そうか。自分の職務を優先させてくれ」

「ええ、そうさせてもらいます。鳥羽って男のことは、後で連絡しますんで」

「よろしくな」

反町は電話を切った。

組対第四課は広域暴力団や犯罪集団を背景とする殺人、傷害、暴行、脅迫、放火、恐喝、賭博《とばく》などの捜査を手懸《てが》けている。鳥羽がかつて裏社会の人間だったかどうかは、造作《ぞうさ》なくわかるだろう。

片瀬法律事務所に戻るか。

反町はシフトレバーをＤ《ドライブ》レンジに入れた。

ちょうどそのとき、懐《ふところ》でスマートフォンが鳴った。真帆からの電話だった。

「何かあったんですか？」

反町は早口で訊《き》いた。

「いいえ、何もありません。反町さんが何か新情報を摑《つか》んでくれたかどうかと思って……」

「これといった手がかりは得られませんでしたが、こっちの感触では『帝都重工業』はシロのようですね」

「『スターライト・コーポレーション』のほうは、どうなんでしょう？」

「特に疑わしい点はないんだが、鳥羽社長の言動がちょっと気になるね」

「直接、彼に会ったのですか⁉」

「ええ、経済誌の記者に成りすましてね。鳥羽は、あなたのような才女は好きじゃないようだな」

「わたし、才女なんかじゃありません。一般女性よりも、ほんの少し自立心が強いだけです。ほかは、何もかも平均的ですよ」

「それはともかく、鳥羽に何か不愉快な思いをさせられたことは？」

「先月、裁判所で顔を合わせたときに卑猥《ひわい》なことを言われました。口ではとても言えないような露骨な卑語を浴びせられたんです」

　真帆が、ためらいがちに言った。

「黙って耐えてたわけじゃないんでしょ？」

「ええ、もちろん抗議しました。強く謝罪を求めたら、一応、詫《わ》びました。でも、すぐに鼻先で笑っていました」

「鳥羽の右手の小指に気づきました？」

「小指がどうかしたんですか？」

「理由はわかりませんが、鳥羽は第一関節の先を切断したことがありますよ。それで、おそらく足の小指の先を手のほうに接《つ》ぐんでしょう」

「ということは、もしかしたら、昔はやくざだったのかもしれないんですね？」

「その可能性はあるでしょう。少し鳥羽の周辺を洗ってみるつもりです」

　反町は言って、電話を切ろうとした。すると、真帆がそれを制した。

「あっ、切らないで」

「何か？」

「他人の私生活に立ち入る気はないんだけど、彼女と反町さんのことが気がかりなの。あの方とは、もう仲直りされました？」

「あれから、お互いに何も連絡はしてない」

「それはよくありませんね。二人が妙な意地を張り合ってたら、さらに行き違いが……」

「二人とも、それほどの子供じゃありませんよ」

「でも、誤解はできるだけ早く解《と》くべきだわ。わたしが軽率《けいそつ》だったのですから、彼女に事情を説明します。やっぱり、あの方の連絡先を教えてください」

「そこまで心配してくれなくても結構です。そのうち、電話をしてみますよ」

反町は言った。

「そのうちじゃ、駄目です。これからすぐに電話をしてあげて。お二人が仲違《なかたが》いしたままだと、わたし、責任を感じてしまうので」

「わかりました。それじゃ、これから電話をしてみましょう」

「ぜひ、そうしてください」

真帆が念を押すように言って、先に電話を切った。反町は左手首のコルムを見た。午後五時四十三分過ぎだった。

反町は和香奈のスマートフォンを鳴らした。だが、なぜだか電話は繋がらなかった。下北沢の『マザー』の固定を鳴らす。

受話器を取ったのは従業員だった。少し前に和香奈から今夜は店に顔を出さないという連絡があったらしい。

目黒《めぐろ》区の青葉台《あおばだい》にある自宅マンションで、不貞寝《ふてね》でもしているのか。それとも、体調でも崩したのだろうか。

反町は和香奈の自宅の固定電話にかけ直してみた。

しかし、受話器を取る気配はない。わけもなく禍々《まがまが》しい予感が募《つの》った。

和香奈の様子を見に行く気になった。

反町はボルボを発進させ、近くの山手《やまて》通りに向かった。


客は七分《ぶ》の入りだった。

スクリーンには、話題のサイコスリラーが映《うつ》し出されていた。あと四分で、午後六時になる。

男は複合型映画館《シネコン》のシートにゆったりと腰かけていた。最後列だ。客席は半分程度しか埋まっていない。

この席に坐《すわ》ったのは、三十分以上も前だった。場内に刑事らしき姿は見当たらなかった。間もなく辺見沙織は二千万円の預手《よて》を持って、ここに現われるだろう。

男は薄い笑いを浮かべた。

少し経《た》つと、斜め後ろのドアが開けられた。観覧席が幾分《いくぶん》、明るんだ。

男は、わずかに首を捩《ねじ》った。

黒縁《くろぶち》の眼鏡《めがね》をかけた三十歳前後の女性が身を屈《かが》めながら、指定した座席に向かっている。人気ニュースキャスターだった。

男は暗がりの中で、辺見沙織の姿を目で追った。特殊な訓練を受けて以来、みみずくのように夜目《よめ》が利《き》く。場内の暗さは、ほとんど真昼と変わらなかった。

沙織が指定した空席に腰かけ、膝《ひざ》の上でハンドバッグの留金《とめがね》を外《はず》した。前後左右の席には、誰も坐っていない。

数分後、沙織は立ち上がった。

男は目を凝《こ》らし、沙織の手許《てもと》を見た。茶封筒を手にしていた。

沙織は茶封筒をシートの間に挟《はさ》むと、化粧室のある方向に歩きだした。

男は一分ほど待ってから、静かに腰を浮かせた。

後ろの壁に背を預け、ペンシルライトを短く点滅させた。

反対側の左端に坐っていた十七、八歳の少女がおもむろに立ち上がり、中ほどのシートに移動した。彼女は茶封筒の置かれたシートにごく自然に近づいた。そして、手にしていたジャケットで茶封筒を包み込んだ。

いい娘《こ》だ。

男は観覧席から離れた。変装用の黒縁眼鏡をかけ、付け髭《ひげ》を貼りつけていた。さりげない足取りで、外に出る。

シネマコンプレックスの斜め前に立ち、煙草をくわえた。煙草を喫《す》い終えたとき、シネマコンプレックスから少女が現われた。Ｖサインをしている。

四十分ほど前に路上で声をかけた娘だった。家出少女と思われる。

「ご苦労さん！」

男は少女に言った。

「封筒の中身は何なの？」

「離婚届だよ。妻と顔を合わせたくなかったんで、あんなやり方をしたんだ」

「おじさん、あんまし頭よくないね。奥さんと顔を合わせたくなかったら、署名捺印《なついん》してもらった離婚届を郵送させればよかったのに」

「それもそうだな」

「これ、三万円と交換よ」

少女が言った。

男は三枚の万札を手渡し、茶封筒を受け取った。手早く中身を検《あらた》める。茶封筒には何も入っていなかった。

「えへへ」

少女が狸顔《たぬき》に歪《いびつ》な笑みを浮かべた。

「中身を抜いたな」

「おじさん、何か悪いことをしてるんじゃない？　そうよね」

「小切手をどこに隠したんだっ」

男は少女の片腕をむんずと摑んだ。

「痛いなあ。パンティーの中よ」

「返せ」

「こんな所じゃ出せないわ。おじさん、小切手は返すからさあ、あたしを十万円で買ってくんない？　もう親の家に戻る気はないの。だから、お金が欲しいのよ。ネットカフェに行くお金も、なくなっちゃったの。ラブホ、行こう？」

少女が男の腕にぶら下がった。

「ホテルなんかに行かなくても、十万円はやるよ」

「ほんとに？」

「ああ。人のあまりいない場所に行こう」

男は少女の腕を取って、花園《はなぞの》神社の境内《けいだい》に連れ込んだ。

夕闇が濃かった。男はあたりに人影がないのを確かめ、少女に当て身を見舞った。少女は泥人形のように頽《くずお》れた。

男は屈《かが》み込んで、少女のパンティーに手を滑《すべ》り込ませた。

預金小切手は恥毛の上にあった。預金小切手を引き抜き、男は上着の内ポケットに収めた。

少女は俯《うつぶ》せになったまま、気を失っていた。

「大人を甘く見ないほうがいいな」

男は少女の側頭部を力まかせに蹴りつけ、小走りに駆けだした。走りながら、眼鏡と付け髭を外す。

施錠《せじょう》されていた。

反町は合鍵でロックを解《と》き、和香奈の部屋に入った。室内は明るい。

間取りは2LDKだった。和香奈の母親がホテル代わりに使っている高級分譲マンションだ。

和香奈は、いわば留守番だった。

月々の光熱費や管理費は、ちゃっかり母親に払わせていた。資産家の令嬢にしてみれば、その程度のことは甘えのうちに入らないのだろう。

反町は玄関ホールから長い廊下を進み、広いリビングに入った。

部屋の主は長椅子に胡坐《あぐら》をかき、ホイットニー・ヒューストンのヒット曲を聴《き》いていた。ネット配信ではなく、LPレコードだった。

「言い訳なら、聞きたくないわ」

和香奈が硬《かた》い声で言った。真珠《しんじゅ》色のサテン地の長袖《ながそで》ブラウスに、下は黒のスパッツだった。

反町は正面のソファに腰かけ、苦笑混じりに言った。

「そんなふうに小娘みたいに拗《す》ねてると、いい女が台なしだな」

「無神経すぎるわ。わたしたちが使ってるベッドで、ほかの女とセックスするなんて」

「おれは依頼人と妙なことはしてない。彼女は、ただシャワーを使っただけだ。それを勝手に邪推して、どうかしてるぞ」

「あなたを縛る気なんかない。誰と何をしようと、あなたの勝手だわ。わたしは、あなたの無神経さが赦《ゆる》せないのよっ」

和香奈が腹立たしげに言って、顔を背《そむ》けた。

反町は無言で立ち上がり、コーヒーテーブルを回り込んだ。足を止めると、和香奈が訝《いぶか》しそうに問いかけてきた。

「何なの？　何なのよっ」

「昨夜《ゆうべ》、おれが和香奈を裏切らなかったことを証明してやる」

「どうやって？」

「体で証明してやるよ」

反町は中腰になり、和香奈を抱《かか》え上げた。捧《ささ》げ持つような抱え方だった。

「下ろして。そんなことで、ごまかされないわ」

「ごまかすわけじゃない」

和香奈が喚《わめ》きながら、手足をばたつかせた。

「卑怯《ひきょう》よ、こんなやり方は」

かまわず反町は、奥の寝室に向かった。寝室の電灯は点《つ》いていた。

反町は和香奈を抱えたまま、セミダブルのベッドに倒れ込んだ。

マットが大きく弾《はず》んだ。和香奈の豊かなバストがクッションのように平たく潰《つぶ》れた。

反町は体を斜めにした。

「いやよ、こんな形じゃ」

和香奈が両方の拳《こぶし》で、反町の肩を力まかせに叩いた。

反町は強引に和香奈の唇を塞《ふさ》いだ。唇と舌を吸いつけながら、ブラウスとスパッツを脱がせる。ブラジャーやパンティーも毟《むし》り取った。

「ばか。嫌いよ、あなたなんか……」

和香奈が唇を外して、小声で言った。

咎《とが》める口調ではなかった。わずかに甘やかな響きがあった。

反町は大きな手で和香奈の形のいい顎《あご》を押さえ、ふたたび唇を重ねた。

舌を深く挿《さ》し入れると、和香奈がためらいがちに迎え入れた。ほどなく二つの舌は深く絡《から》み合った。

いつもよりも情熱的なディープキスになった。和香奈は幾度も息を詰まらせた。反町は舌を躍《おど》らせながら、砲弾を想《おも》わせる乳房を交互にまさぐった。淡紅色の乳房は硬く痼《しこ》っていた。乳暈《にゅううん》も盛り上がっている。和香奈が両手で、反町の頭髪をまさぐりだした。いとおしげな手つきだった。やっと機嫌を直したようだ。

反町は安堵《あんど》し、和毛《にこげ》を梳《す》きはじめた。

逆三角に繁《しげ》った叢《くさむら》は、霞草《かすみそう》のような手触《てざわ》りだった。下着に押さえつけられていたために、穂先はひれ伏している。反町は飾り毛を五指で掻《か》き起こし、突起を探った。それは硬く張りつめていた。

和香奈は、その部分がきわめて敏感だった。軽く息を吹きかけるだけで、身を震わせる。

反町は蜜液を亀裂全体に塗り拡《ひろ》げ、ピアニストのように指を閃《ひらめ》かせた。和香奈は喘《あえ》ぎ、呻き、唸《うな》った。

数分後、不意に極《きわ》みに達した。白い裸身を硬直させ、長い唸りを響かせた。

二人は口唇愛撫を施《ほどこ》し合ってから、体を繋いだ。

最初は騎乗位だった。それから四、五回、体位《ラーゲ》を変え、いつものように正常位で仕上げにかかった。

反町は六、七回浅く突き、一気に奥まで分け入った。

結合が深くなるたび、和香奈は悦《よろこ》びの声を高く放った。反町はその声にそそられ、張り出した部分で盛んに入口の襞《ひだ》を削《そ》ぐようにこそぐった。

「いいわ、頭が変になりそう」

和香奈が彫りの深い顔を左右に振った。

セミロングの髪が優美に揺れ、リンスの匂いが漂《ただよ》った。馨《かぐわ》しい香りだった。

反町は、和香奈の細面《ほそおもて》の顔を見た。

二重瞼《ふたえまぶた》のくっきりとした両眼は強く閉じられ、上瞼には濃い陰影が宿っている。眉根は寄せられ、いかにも切なげだ。

ぽってりとした色っぽい唇は、酸素を求めるように幾らか開かれていた。

きれいに揃《そろ》った白い歯の表面は、すっかり乾ききっていた。その奥で、ピンクの舌が妖《あや》しく舞っている。反町は一段と猛《たけ》った。

和香奈が迎え腰を使いはじめた。

湿った摩擦音が淫靡《いんび》だ。反町は煽《あお》られ、スラストを速めた。

いくらも経《た》たないうちに、和香奈の体が強張《こわば》った。ほとんど同時に、憚《はばか》りのない声を迸《ほとばし》らせた。

和香奈は裸身を断続的に縮めながら、悦楽の唸りを轟《とどろ》かせつづけた。

反町は心地よい緊縮感を覚えながら、ワイルドに突きまくった。もちろん、捻《ひね》りも加えた。和香奈はピルを服《の》んでいる。避妊の配慮は必要なかった。

反町は走った。

全身のエネルギーを分身に集中させる。二人は、ほぼ同時に絶頂を極めた。その瞬間、反町は頭が白く煙った。放出した精液は、ふだんよりも多い気がした。

二人は体を重ねたまま、しばし余韻に身を委《ゆだ》ねた。

「これで、おれの疑いは晴れたよな」

「別に疑ってたわけじゃないの」

「それじゃ、なんで怒ってたんだ？」

「ちょっと拗《す》ねてみたくなっただけよ」

「まいったな」

反町は、和香奈の高い鼻の先を軽く咬《か》んだ。

そのとき、ベッドの下でスマートフォンが鳴った。

反町は和香奈から体を離し、上着の内ポケットからスマートフォンを抜き出した。

「おれっす」

発信者は藤巻だった。声には、緊迫感が込められていた。

「何かあったようだな？」

「片瀬弁護士が隣のビルの屋上からライフルで狙《ねら》われたんすよ」

「で、怪我《けが》は？」

「怪我はありません。でも、彼女、すっかり怯《おび》えてしまって……」

「わかった。すぐ事務所に戻る」

反町は電話を切り、大急ぎで衣服をまといはじめた。

2

警察官の姿はなかった。

すでに現場検証は終わったのだろう。

反町は片瀬法律事務所に飛び込んだ。とっつきの部屋には、調査員の小室がいるだけだった。机に向かっている。

どことなく影の薄い男だった。若いころは検察事務官だったらしい。

「片瀬弁護士は？」

「奥の所長室におります」

「ありがとう」

反町は真帆の専用室に急いだ。

ドアをノックすると、藤巻の声で返事があった。反町は名乗って、部屋に入った。

真帆と藤巻はソファに腰かけていた。向かい合う形だった。

撃《う》ち抜かれた窓は、青い防水シートで覆《おお》われていた。シートの中央のあたりが、小さく波打っている。風のせいだ。

右手の白い壁の一点が深く穿《うが》たれていた。被弾した箇所にちがいない。

「怖い思いをさせてしまったね。申し訳ない」

反町は真帆に謝った。

「いいえ。最初は何事が起きたのか、わかりませんでした。でも、窓のガラスが割れて、破片が飛び散ったので、慌《あわ》てて机の下に潜《もぐ》ったんです」

「とにかく、怪我がなくて何よりでした」

「わたしのことより、藤巻さんが危ないところだったの。ライフル弾はソファに坐ってらした藤巻さんの頭のすぐ上を掠《かす》めて、壁に埋まったんです」

「そうなんすよ。一瞬、全身が凍《こお》りつきました」

藤巻がそう言いながら、隣のソファに腰をずらした。

反町は空《あ》いたソファに坐って、真帆に顔を向けた。

「銃声は？」

「まったく聞こえませんでした」

「それじゃ、消音器を装着したライフルを使ったんだろう」

「新宿署の方たちも、そう言っていました」

「撃ち込まれたのは一発だけ？」

「ええ。警察の話だと、撃った場所は道を挟んだ隣のビルの屋上だそうです」

「凶器について、何か言ってませんでした？」

「ここに落ちていたマグナム弾から、おそらくウェザビー・マグナムという口径三七八の高性能ライフルが使われたんだろうという話でした」

真帆が言って、長く息を吐《は》いた。怯えは、まだ完全には消えていないようだ。

反町はマールボロに火を点けた。

ひと口喫ったとき、藤巻が神妙な顔で喋った。

「おれがついていながら、すみませんでした」

「別に藤巻ちゃんに落ち度があったわけじゃないさ。そんなに気に病《や》むなって」

「やっぱり、不覚でした」

「初動捜査に来た連中は、犯人を目撃した者がいるようなことを言ってたか？」

「このビルの九階の商事会社の社員が三人ほど、隣のビルの屋上に不審な男がいるのを見たそうっす」

「どんな奴だったって？」

反町は煙草の灰を落とした。

「焦茶《こげちゃ》のハンチングを被《かぶ》った中年の男だったようっす。暗かったんで、人相まではよくわからなかったらしいすよ」

「そうだろうな」

「おれ、一一〇番してから、小室さんに片瀬さんのそばにいてもらって、隣のビルの屋上に行ってみたんすよ」

「そのとき、もうハンチングの男はいなかった？」

「ええ。で、おれはライターの炎で屋上の床を照らしてみたんす。そうしたら、これが落ちてたんですよ」

藤巻がビブロスの上着から、柄ハンカチに包んだ銀色のボールペンを取り出した。

反町はハンカチごと受け取り、ボールペンを改めて見た。

清進《せいしん》商事創業十周年記念という文字が刻《きざ》まれている。その下に、会社の電話番号も記《しる》してあった。

「犯人がそれを落としたのかどうかわからないっすけど、こっそり拾っといたんすよ」

「後で役に立つかもしれないな」

「実は、さっき『清進商事』に電話をしてみたんす。ゴルフ会員権の売買会社でした」

「さすがは探偵だな」

「茶化さないでください。それはそうと、電話口に出た若い男が横柄《おうへい》な態度だったたんで、むっとしました。まるでヤー公みたいな口のきき方だったんすよ」

「ヤー公か。こいつ、おれが預からせてもらってもいいな？」

「ええ」

藤巻がうなずいた。

反町はハンカチでボールペンをくるみ、懐《ふところ》に入れた。短くなったマールボロの火を消したとき、真帆が口を開いた。

「犯人は、わたしを殺す気はなかったんだと思います」

「脅《おど》しだったと？」

「多分、そうだったんでしょうね。藤巻さんがここから飛び出して間もなく、男の含み声で『訴訟を取り下げるよう原告を説得しろ』という脅迫電話があったんです」

「その男の声、録音しました？」

反町は訊いた。

「いいえ。ライフル弾を撃ち込まれたばかりで、気が動転していたものですので」

「だろうね。脅迫電話のことは刑事に話したのかな？」

「いいえ、話しませんでした」

「それはありがたいな。警察が動きだすと、何かとやりにくくなるんで」

「そうみたいですね」

「ガラスの張り替えは？」

「無理を言って、明日、張り替えてもらうことになりました」

真帆が口を結んだ。

数秒後、反町のスマートフォンに着信があった。発信者は力石だった。

「連絡が遅くなりました。鳥羽道文のことですが、前科《マエ》はありませんでした。しかし、十五年前に一度、傷害の容疑で築地《つきじ》署に検挙《アゲ》られています。銀座《ぎんざ》のクラブで、客と喧嘩《ゴタ》を起こしたんですよ」

「不起訴になった理由《わけ》は？」

「ぶっ飛ばされた男がビビって、被害事実を認めなかったんですよ。当時、鳥羽は関東俠仁会《きょうじんかい》脇田《わきた》組の組員だったんです」

「やっぱり、素っ堅気《かたぎ》じゃなかったか」

反町は呟《つぶや》いた。

「鳥羽は、その翌年に足を洗っています。父親が病死したので、長男である鳥羽が事業を引き継《つ》いだんですよ。そのころは、『光信《こうしん》工業』という社名でした。現在の『スターライト・コーポレーション』に社名変更したのは七年前ですね」

「鳥羽は堅気になってからは、昔の仲間とはまったく接触してないのかな？」

「表立った交際はないようですよ。しかし、個人的なつき合いは、いまもあるんじゃないでしょうか。連中の腐れ縁はなかなか切れませんから」

力石が溜息《ためいき》をついた。

関東俠仁会は、首都圏を縄張りにしている広域暴力団だった。構成員は約三千二百人だ。本部事務所は港区《みなと》の新橋《しんばし》にある。

「力石、『清進商事』ってゴルフ会員権の売買会社を知ってるか？」

「関東俠仁会の企業舎弟《フロント》ですよ。社長の児玉輝夫《こだまてるお》は関東俠仁会の理事で、児玉組の組長です。四十四、五だったと思います」

「そうか。鳥羽はヤー公時代に当然、児玉と接触してるな」

「でしょうね」

「児玉の家《ヤサ》の住所を調べて、顔写真《ガンクビ》と一緒にスマホにメールで送ってくれないか。明日でいいよ」

「わかりました。ついでに、鳥羽がいまもつき合ってる筋者《すじもん》を洗い出しましょうか？」

「そこまで現職にやらせちゃ、罰《ばち》が当たるだろう。こっちで調べるよ。悪かったな」

反町は電話を切り、真帆と藤巻に力石から聞いたことを話した。

「それじゃ、ライフルをぶっ放したのは児玉組の関係者かもしれないっすね」

藤巻が言った。

「結論を急がないほうがいい。犯人がわざとボールペンを現場に落として、児玉組の関係者の仕業《しわざ》と見せかけたのかもしれないからな」

「そういうことも考えられるっすね」

「あのう、そろそろ自宅に戻らなければ……」

真帆が腕時計を見て、言いにくそうに言った。反町は、すぐに問いかけた。

「何か約束でも？」

「九時に防犯カメラを玄関先に取り付けてもらうことになっているんです」

「そう」

「それから反町さんが調査に出かけている間に、自宅の電話のシークレットナンバーも替えてもらったんです」

「それなら、今夜は自分の家で寝られるね」

「ええ」

真帆が、ようやく笑顔を見せた。

反町は藤巻に日当をそっと渡し、ひと足先に帰らせた。その後、調査員の小室も事務所から出ていった。

「ご自宅に戻りましょう」

反町は依頼人を促《うなが》した。

ほどなく二人は、片瀬法律事務所を出た。八時を少し回っていた。

男は舌打ちした。

五〇五号室の玄関ドアの真上に、真新しい防犯カメラが設置されていたからだ。片瀬真帆か、元ＳＰのボディガードが室内でモニターを睨《にら》んでいるにちがいない。

九時半過ぎだった。男は真帆の部屋に忍び入り、番犬の反町譲司を全身麻酔薬で眠らせ、真帆を犯す気でいた。

いつもの恰好だった。肩には、ショルダーバッグのベルトが喰い込んでいる。

玄関から入るわけにはいかない。

男は逆戻りし、エレベーターに乗り込んだ。

四階まで降りる。少し前に庭から下見をしたとき、確か真帆の部屋の真下の四〇五号室には電灯が点いていなかった。どうやら留守のようだ。

男は四〇五号室に急いだ。

あたりをうかがってから、玄関のスチール・ドアに耳を押し当てる。

人のいる気配はしなかった。男は、両手にラテックスのゴム手袋を嵌《は》めた。

手製の特殊万能鍵でロックを外す。チェーンは掛けられていない。やはり、部屋には誰もいないようだ。

男は四〇五号室に忍び込んだ。

室内は暗かった。男はトレッキングシューズを手に持ち、抜き足で進んだ。

1LDKの室内を素早く覗《のぞ》いた。人の姿はなかった。部屋の空気は、ひんやりとしていた。

男は居間のガラス戸に歩み寄った。

バッグから黒いフェイスマスクを取り出し、頭から被った。犯行に及ぶときは、たいていフェイスマスクを使っていた。

サッシ戸を静かに開け、ベランダに出た。

靴を履《は》き、バッグから逆鉤《ユニバーサルフック》付きのロープを摑み出す。フックの鋼鉄は強化プラスチックで覆われている。ベランダの手摺《てすり》に逆鉤を掛けても、音はたたない。

男は四〇五号室のベランダのコンクリート柵《さく》に楽々とよじ登った。

五〇五号室のベランダの手摺にユニバーサルフックを引っ掛けた。ロープは登山用の太いものだった。

男はショルダーバッグをたすき掛けにし、片腕で体を浮かせた。夜気《やき》は尖《とが》っていた。

すぐに片足をベランダの出っ張った部分に掛け、手摺を跨《また》ごうとした。

ちょうどそのとき、室内のカーテンが横に払われた。

慌てて男はロープにぶら下がり、四〇五号室のベランダに降りた。手早く逆鉤付きのロープも取り込む。

サッシ戸の向こうに見えたのは反町だった。

男は真帆が赤坂グレースホテルに出向く前に、すでに反町の氏名や前歴を知っていた。

真帆がその前日に大物財界人と会食したときの会話を近くで盗み聴きしていたのだ。

男は反町が元SPだったということを知り、できるだけ彼に関する情報を集めた。

SPに選ばれただけあって、頭の回転が速く、腕っぷしも強いようだった。

しかし、それで臆《おく》することはなかった。たかがVIPの警護を務《つと》めていた男にすぎない。

それに引き替え、自分はかつて政府機関の特別任務をこなしてきた人間だ。元SPなどには負けられない。怖気《おじけ》づくことなど矜持《きょうじ》が許さない。

自分は特別な人間として、この世に生まれてきた。

IQはノーベル物理学賞を受けた学者たちよりも高い。事実、小学校から東大《とうだい》工学部の博士課程を終えるまで常に学業はトップだった。

それだけではない。スポーツも万能だ。その気になれば、数種の競技でオリンピックにも出場できただろう。現に数カ月前に行なわれた国際トライアスロン大会では優勝している。

男はダーツガンを構え、下から上のベランダを見上げた。反町の体の一部が見えたら、ダーツ弾を放つつもりだった。

しかし、そのチャンスは訪れなかった。反町は厚手のドレープ・カーテンとレースの白いカーテンを横に払ったが、ベランダには降りなかった。

男は、しばらく待ってみた。だが、居間のカーテンは閉ざされない。ベランダからの侵入を警戒しているようだ。

やがて、十時になった。

癪《しやく》だが、今夜は諦《あきら》めよう。男は四〇五号室の室内に戻り、フェイスマスクを引き剝《は》がした。フック付きのロープをバッグに戻し、サッシ戸のクレセント錠を掛ける。

片瀬真帆に目をつけたのは数カ月前だった。

たまたま週刊誌のグラビアに載《の》っていた真帆の美しさに魅《み》せられたのだ。二十代の半《なか》ばで弁護士になった真帆は、開業医の長女だった。気品があり、利発そうな目をしていた。

真帆の白い肌を血みどろにしてレイプしたら、自分は男に生まれたことを感謝したくなるだろう。

男は生唾《なまつば》を溜《た》めながら、ゆっくりと玄関に向かった。

3

ブラックコーヒーを口に運ぶ。

二杯目だった。豆はブルーマウンテンだろう。

反町は真帆と差し向かいで朝食を摂《と》っていた。美人弁護士の自宅マンションのダイニングルームである。

焼きたてのバターロールはうまかった。反町はハムエッグやフルーツサラダと一緒に七個もバターロールを食べた。

「よかったら、これもどうぞ！」

真帆が自分のパン皿を差し出した。

バターロールが二個載っている。真帆は一個しか食べなかった。

健啖家《けんたんか》の反町は遠慮しなかった。ソフトバターと黒すぐりのジャムを塗りつけて、残りの二個も胃袋に収める。

「そうやって食べてもらえると、なんだか嬉しくなるわ」

「毎朝、バターロールを焼いてるんですか？」

「ええ。といっても、数日分の種をまとめて作って冷凍しておくんですけどね」

「立派だな。才女は、グラノーラかスムージーで朝は済ませてると思ってたが」

「そんな軽いものじゃ、とても保《も》ちません。弁護士って、意外に体力も必要なんですよ」

真帆が微笑した。うっすらと化粧をしている。眩《まばゆ》いほど美しい。

すでにブラウングレイのテーラードスーツを着ていた。ロールカラーの白いシャツブラウスが女っぽさを演出している。

「それにしても、料理上手なんで驚いたな。昨夜の肉料理とシチューもプロの味に負けませんよ」

「そんなに持ち上げないでください。わたし、おだてに乗りやすいんですよ。下手《へた》な手料理で、反町さんに迷惑をかけても何ですので……」

「迷惑だなんて、とんでもない。ちょっと新婚気分を味わわせてもらいましたよ」

反町はマールボロをくわえた。

真帆が淡く頰《ほお》を染め、食器を片づけはじめた。反町はシンクに向かった真帆の後ろ姿を見るともなく眺めた。セクシーな肢体だった。ウエストのくびれが悩ましい。ヒップも張っている。

きのうは寝苦しい一夜だった。

反町はリビングルームの長椅子に身を横たえた。真帆は奥の寝室で眠った。万が一のことを考えて、寝室のドアは細く開けておいてもらった。

そこから、真帆のかすかな寝息やベッドの軋《きし》む音が洩《も》れてきた。反町は淫《みだ》らな気持ちを掻き立てられ、ほとんど眠れなかった。さすがに瞼《まぶた》が重い。

インターフォンが鳴った。

真帆が振り返って、縋《すが》るような眼差《まなざ》しを向けてくる。午前九時を回ったばかりだ。

「この時刻なら、おかしな奴じゃないでしょう」

反町は言った。

真帆がうなずき、居間のインターフォンの受話器に歩み寄った。壁掛け型の受話器だった。

「どなたでしょう？　あら、彩子《あやこ》じゃないの。いいわよ。いま、エントランスのドア・ロックを外すわ」

真帆が明るく応じ、受話器をフックに掛けた。

「お客さんは友達みたいだね？」

「ええ。高校と大学が一緒だった親友なんです。反町さん、ニュースキャスターの辺見沙織さんをご存じでしょ？」

「知っています。彼女の『リアルタイム』はよく観《み》てますよ」

「彩子は、彼女の妹なんですよ。『オフィスＫ』ってテレビ番組制作会社のディレクターをやってるの」

「それじゃ、お姉さんの番組にも関わってるのかな？」

反町は問いながら、煙草の火を消した。

「いいえ。彩子は、主にドラマを手懸けてるんです。たまにクイズ番組やバラエティー番組も制作してるみたいだけど」

「そう。あなたと同級生だったというと、二十九かな？」

「ええ。二人とも、あと少しで三十路《みそじ》です。もっとも、そのことで彩子もわたしも焦《あせ》ったりはしていませんけどね。結婚だけが女の人生ではありませんので」

真帆が言った。ごく自然な口調だった。妙に肩肘《かたひじ》を張った言い方をされたら、厭味《いやみ》に聞こえたかもしれない。

部屋のチャイムが鳴った。

真帆が玄関ホールに走った。少し経つと、来客が居間に入ってきた。

辺見彩子は、いかにも行動派の女性のような印象を与える。薄手のタートルネック・セーターの上に、レザージャケットを羽織《はお》っていた。

姉の沙織とは、まるで似ていない。

それでも個性的な美人だった。切れ長の目は涼やかで、鼻や唇の形も悪くない。顎の黒子《ほくろ》が艶《つや》めいて見える。

「あなたが秘密主義だったとはね」

辺見彩子が反町をちらりと見て、真帆の脇腹を人差し指でつついた。

「いやね、勘違いしないで。あちらにいる方はボディガードさんなの」

「ボディガード!?」

「そう。裁判の縺《もつ》れか何かで、わたし、誰かに脅迫されてるようなのよ。それで、あの方にガードをお願いしたの。紹介するわ」

真帆は親友を伴《ともな》って、歩み寄ってきた。

反町は名乗り、彩子と名刺を交換した。

「彩子、お姉さんのことで何か相談があるとか言ってたわね」

「ちょっと深刻な話なのよ」

彩子が小声で言った。反町は気を利《き》かせて、席を外すことにした。

依頼人にボルボの中で待つと告げ、急いで部屋を出る。彩子はすまなそうな表情で、何度も謝った。

反町は地下駐車場に降りると、ボルボのトランクから着替えの服や下着を取り出した。

トランクの中には衣服だけではなく、乾燥食品やミネラルウォーターも常備してあった。

長時間の尾行や張り込みのときは、満足に食事を摂《と》れない。そんな場合に干し肉やラスクで空腹をなだめるわけだ。

反町はボルボの中で、手早く着替えをした。大森《おおもり》の洋品店に生まれたせいか、安物は身に着けなかった。配色にも気を遣《つか》うほうだった。

着替えたのは、黒いカシミアのタートルネック・セーターに英国製生地《きじ》のダークグレイの上着だ。ウールスラックスは、ライトグレイだった。

反町は運転席でマールボロを一本喫うと、藤巻に電話をかけた。

「きのうはどうも！　おかげで、久しぶりに満タンにできました。ふだんは十リッターずつ給油してもらってるんすよ」

「そいつはよかったな。ところで、きょうの午後は何か本業の仕事が入ってるか？」

「反町さん、そういう厭味《いやみ》っぽい言い方はやめてほしいっすね。探偵稼業が暇なことは知ってるじゃないすか」

「それじゃ、また和製マーロウに協力してもらうか」

「何をやればいいんす？」

藤巻が問いかけてきた。

「『スターライト・コーポレーション』の鳥羽道文社長を尾行して、接触する人間をチェックしてもらいたいんだ」

「了解っす」

「きょうの仕事は心意気で頼むよ」

「つまり、ノーギャラってことっすか？」

「そういうこと！」

「まいったなあ。おれ、仙人じゃないんすよ。人生は金じゃないといっても、霞《かすみ》を喰ってるわけじゃないんで……」

「冗談だよ。ちゃんと三万円の日当は払う」

反町はそう言って、『スターライト・コーポレーション』の所在地と鳥羽の容貌《ようぼう》を教えた。

「昼過ぎから本社ビルの近くで張り込むっすよ」

「よろしくな。鳥羽がヤー公ふうの奴と接触したら、すぐに連絡してくれ」

「了解っす」

電話が切られた。

反町はスマートフォンを助手席に置き、シートをいっぱいに倒した。上体をシートに預け、軽く瞼を閉じる。

きのうの晩、真帆と一緒に防犯用のモニターを観ているとき、ベランダでかすかな物音がした。すぐにベランダを覗いてみたが、怪《あや》しい人影はなかった。

しかし、ベランダに降りたわけではなかった。凌辱予告犯がベランダの暗がりに潜《ひそ》んでいなかったとは言いきれない。

反町は、念入りなチェックをしなかったことを悔やんだ。

玄関からの侵入が難しいとなれば、影法師はベランダから忍び込むことを考えるだろう。一階から五階までベランダをよじ登るのは容易ではない。足を滑らせる危険があるし、マンションの入居者に見つかってしまうかもしれない。ただ、真帆の部屋の上か下の部屋からなら、割にたやすく五〇五号室のベランダに入り込めるのではないか。

戻ったら、何か策を講じよう。反町はそう考えつつ、短い眠りに溶け込んだ。

男は観葉植物の鉢に水を注《そそ》ぎながら、忌々《いまいま》しさを嚙みしめていた。

昨夜は熟睡できなかった。敗北感に似た感情が胸のうちを領していた。

これまでは狙った獲物は、なんの苦労もなく襲うことができた。

盗聴やハッキングで獲物の行動パターンを探り、たやすく目的を果たしてきた。それなのに、防犯カメラと反町というボディガードのせいで、足踏みをさせられている。なんとも忌々しい。

男はガラスの水差しを居間の床に置くと、ウェスでゼラニウムの葉の埃《ほこり》を一枚ずつ拭《ぬぐ》いはじめた。まるで女の柔肌《やわはだ》を撫《な》でるような手つきだった。

「アケミちゃん、今朝《けさ》も瑞々《みずみず》しいよ」

男はベンジャミンの鉢の前に移り、厚みのある大きな葉に軽くくちづけした。

そのとき、固定電話に着信があった。

男は顔をしかめた。大事にしている観葉植物や熱帯魚と戯《たわむ》れるのは、至福の一刻《ひととき》だった。いつも気持ちが穏《おだ》やかになる。

コール音を無視して、男はベンジャミンの葉を専用のウェスで磨《みが》きつづけた。

呼び出し音は、いっこうに熄《や》まない。男は次第に苛《いら》立《だ》ち、ついにウェスを足許に叩きつけた。電話機に走り寄って、乱暴に受話器を摑み上げる。しかし、いつものように何も言葉は発しなかった。

「わたしだ」

落ち着きのある低い声が、男の耳に流れ込んできた。かつての職場の上司だった。

五十六歳である。電話の主も、現在は国家機関の仕事はしていない。

「あなたでしたか」

「こないだ頼んだ仕事は、どうなってる？　こんなに手間取るなんて、きみらしくないじゃないか」

「そうですね」

男は他人事《ひとごと》のように答えた。

「何か予測できなかったことでも起こったのかな？」

「いいえ、別に」

「仕事そのものが気に入らないわけか。そうだとしても、わがままは抑《おさ》えてほしいな。きみは少しの知恵と労力をかけるだけで、一件で数百万円の報酬を得られるんだから」

「あなたは電話一本で、当方の取り分の何倍も稼《かせ》いでるんでしょう？」

「何を言ってるんだっ。わたしは、そんなにあこぎなことはしていない。きみの得る謝礼の二割も貰《もら》ってないよ」

かつての上司が、うろたえ気味に答えた。

男はせせら笑っただけで、何も言わなかった。

「とにかく、一日も早く仕事をこなしてくれないか。先方さんが少し焦《じ》れはじめてるんだ」

「そうですか」

「一両日中には、何とかなるんだろう？」

「それは難しいですね。意外にガードが固くて、なかなか侵入できないんですよ」

「きみのような男が、てこずるわけない。きみは駆け引きしてるんじゃないのか？　そうなんだなっ」

「駆け引きとおっしゃると？」

「おとぼけだな。報酬のアップを要求する気なんだろうが、その相談には乗れんぞ」

「…………」

「昔のことは言いたくないが、きみにはずいぶん目をかけてきたつもりだ」

「ご恩は忘れていません」

「それなら、最初の条件で気持ちよく仕事をこなしてくれ」

「わかりました」

「連絡を待ってる」

昔の上司が電話を切った。

偉そうな口をきくものだ。不愉快だった。自分に何かを命令できる人間は、この世にたったひとりしかいない。それは、このおれだ。

男は電話機から遠ざかり、ふたたび観葉植物の手入れに取りかかった。


パワーウインドーのシールドが叩かれた。

その音で、反町は目を覚ました。車のかたわらに真帆が立っている。

反町は背凭《せもた》れを起こし、助手席のドア・ロックを外した。部屋を出てから、およそ四十分が経過していた。

「すっかり待たせてしまって、ごめんなさい」

助手席に坐った真帆が詫《わ》びてから、シートベルトを掛けた。

反町はボルボを走らせはじめた。マンションの前に出たとき、真帆が意を決したように言った。

「これから話すことは、オフレコにしていただきたいの。実は、彩子のお姉さんの沙織さんが一昨日《おととい》の夜にマンションに押し入った男にサディスティックにレイプされたらしいんです」

「なぜ、その話をこっちに喋《しゃべ》る気に？」

「沙織さんもレイプされる前に、妙な影を感じてたんですって。それで、ひょっとしたら、わたしが脅迫されたことと彩子のお姉さんの事件と何か関連があるのかもしれないと思ったんですよ」

「なるほど。差し障《さわ》りのない範囲で、辺見沙織さんの事件のことを話してもらえますか」

「わかりました。彩子の話だと、沙織さんはお風呂上がりにフェイスマスクで顔面を隠した黒ずくめの男に麻酔ダーツ弾を撃ち込まれて、辱《はずか》しめられたそうなんです」

「さっきサディスティックにレイプされたといいましたよね。具体的には、どういうことをされたんだろう？」

反町はステアリングを操《あやつ》りながら、そう訊いた。

「加害者はカッターナイフやアイスピックで沙織さんの肌を傷つけながら、彼女を穢《けが》したそうです。それもプラスチック手錠で後ろ手に縛って、口の中にはスカッシュボールを詰め込んで」

「異常性犯罪者のようだな」

「ええ、そうなんでしょうね。犯人は沙織さんとのセックス写真や動画を撮《と》って、二千万円の預金小切手を脅し取ったんですって」

「よくある犯罪だ。で、辺見沙織さんはデータを手に入れられたのかな？」

「犯人はデータを渡すと約束してくれたようなんですが、口止め料だけを取って……」

「辺見沙織さんはデータを先に押さえるべきだったな」

「そうですね。彼女、自分の甘さに地団駄《じだんだ》踏んだそうです。あんなに賢い沙織さんが、どうしてそんな迂闊《うかつ》なことをしてしまったのかしら？」

　真帆が小首を傾《かし》げた。

「気が動転してたんだろうな。自分の恥ずかしい画像が暴露されたら、当然、キャスターの座から降ろされるだろうから」

「そうなったかもしれませんね」

「で、辺見沙織さんはどうしたいと？」

「沙織さんは自分は表面に出ずに、犯人を捜し出す方法はないかと考えているらしいの」

「それは難しいな」

　反町は即座に言った。

「そうですよね。彩子もそう考えて、沙織さんに警察の力を借りるべきだと言ったみたいなんですよ。だけど、沙織さんはニュースキャスターの仕事を失いたくなかったので、それはできないと頑《かたく》なに拒《こば》んだらしいんです」

「それで彩子さんは思い余って、あなたに相談に来たわけか」

「はい、そうなんです。なんとか力になってあげたかったんですけど、沙織さんの望む方法で犯人を見つけ出すなんてことはとても考えつかなかったので……」

「捜査一課の刑事じゃないが、組対四課に親しくしてる男がいるんだ。なんなら、その男に内密に捜査をしてもらってもいいですよ」

「そういう方がいらっしゃるなら、沙織さんも同意するかもしれないわ。後で彩子を通じて、沙織さんに打診してみます」

真帆が言った。

車は高田馬場《たかだのばば》に入っていた。北新宿を抜ければ、もう西新宿だ。

「辺見沙織さんとも親しいのかな？」

「ええ、割に。昔は彩子と三人で、よく旅行をしたんですよ。最近はお互いに忙しいから、めったに会えなくなってしまいましたけど」

「そう」

「反町さん、わたしを狙ってる男が沙織さんをレイプしたとは考えられませんか？」

「判断材料が少なすぎるから断定的なことは言えないが、別人だろうな。あなたの場合は事務所にライフル弾を撃ち込まれて、『原告に告訴を取り下げさせろ』と脅かされてる」

「ええ。わたしの場合は、やっぱり裁判のことで……」

「その可能性はあるでしょう。辺見沙織さんの場合は異常性欲者の仕業《しわざ》か、彼女のストレートなコメントに腹を立てた人間が誰かに命じてレイプさせたのかもしれないな」

「わたし、沙織さんの歯に衣《きぬ》を着せぬ論評を高く評価してるんです。日本のキャスターの多くは単なる番組の進行役が多いでしょ？」

「そうだね。キャスターとは名ばかりの連中が多いな」

「ええ。その点、沙織さんの姿勢は立派だわ。実際、尊敬に価《あたい》する人物だと思います」

「新しいタイプの女性だよね。それだけに、古い価値観しか持ってない男たちには目障《めざわ》りな存在に映るんじゃないだろうか」

反町は言って、口を結んだ。

4

窓の外は緋色《ひいろ》だった。

張り替えられたガラスは赤く染まっている。午後四時過ぎだった。依頼人の専用室だ。

反町は読みかけの週刊誌を卓上に投げ出し、ソファから立ち上がった。

腰が少し痛い。長いこと坐っていたせいだろう。

真帆は机に向かって、分厚い公判記録に目を通していた。反町は背筋を伸ばし、首をぐるりと回した。真帆が顔を上げた。

「反町さんのお仕事も大変ですね。さっきから、だいぶ退屈してるみたい……」

「こっちの仕事は何事も起こらないことがベストなんですよ。しかし、退屈はしていませんん」

「わたしの言い方が悪かったのなら、謝ります」

「別に、感情なんか害してませんよ」

反町は、ほほえみ返した。

「それなら、いいの。ところで、反町さんのSP時代の後輩だという刑事さん、もう沙織さんのマンションに行ってくれたでしょうか?」

「多分、行ったでしょう。力石は、せっかちな奴ですのでね」

「そう。彩子の話によると、沙織さんは力石さんの力を借りることに最初はだいぶ抵抗があったみたいなんですよ」

「それはそうだろうな。力石は現職の刑事です。上司や同僚に何も言わず単独捜査をするなんて話は、ちょっと考えられませんから」

「ですね」

「しかし、力石は口の堅い男です。辺見沙織さんのレイプ事件を内部の者たちに洩らすことはないでしょう」

「それなら、沙織さんも安心すると思います」

真帆が言って、また公判記録に目を落とした。

そのとき、ドアがノックされた。ドア越しに、女性事務員の声がした。

「反町さんにご面会の方が見えていますけど、どうなさいます？」

「ありがとう。いま、行きます」

反町は礼を言い、所長室のドアに急いだ。

事務所を出ると、廊下に巨漢の力石がたたずんでいた。ダブルブレストの紺《こん》ブレザーは、はちきれそうだった。

「『広尾ロイヤルパレス』に行ってきました、昼過ぎに」

「悪かったな」

「どういたしまして。辺見沙織さんから事件当夜の聴取をして、それから一応、鑑識課員の真似事《まねごと》をしてきました」

「真似事って、指紋《モン》の採取をしたのか!?」

反町は驚いた。

「ええ、ほんの真似事ですけどね」

「大胆なことをやるな。で、ニンヒドリン検査の薬品はどこで入手したんだ？」

「親しくしてる鑑識課員に分けてもらったんですよ。もちろん、使用目的はぼかしておきました」

「危ないことをやるなあ」

「まずかったですか？」

「その鑑識課員は不審に思ったにちがいない」

「かもしれませんが、心配いりませんよ。おれ、その男の私生活の弱みを知ってるんですよ」

「力石も意外に悪党《ワル》だな」

「先輩の教えがよかったから……」

「この野郎！　それで、ニンヒドリン検査は全室やったのか？」

「いいえ、寝室と玄関のあたりしかできませんでした。薬品の量が足りなくなっちゃったんですよ」

力石が苦笑した。

昔は指紋の採取には、アルミニウムの粉が使われていた。しかし、現在はニンヒドリンやアセトンを溶かした特殊な薬品で、汗に含まれている蛋白質《たんぱくしつ》を化学変色させて指紋を浮かび上がらせる。ニンヒドリン検査だと、十年以上も前の指紋でも検出できる。また、紙や糊《のり》の利《き》いた衣類に付着した指紋も採取可能だ。

「それで、指紋《モン》の照合は？」

「もう済んでいます。採取した指紋《モン》の大部分は当然のことながら、辺見沙織のものでした。しかし、三点ばかり気になる指紋《モン》があったんですよ」

「前科《マエ》持ちだな？」

「そうです。それも、不同意性交罪（旧強姦）で二度服役した奴でしたね」

「名前は？」

反町は訊いた。力石がブレザーの内ポケットから手帳を取り出した。手帳の角は擦《す》り切れていた。

「えーと、大沼準一《おおぬまじゅんいち》です。三十四歳で、ダンプカーの運転手です」

「独身なのか？」

「いまは、そうです。三年前に離婚したんですよ」

「家《ヤサ》は？」

反町は畳みかけた。

警察庁には、千数百万枚の指紋原紙が保存されている。その大半は、犯罪歴を持つ者のカードだ。残りはパイロット、キャビンアテンダント、船員、自衛官などの原紙カードである。

カードには、氏名、年齢、現住所などが記載されている。それらのことは、コンピューターでわずか数分で調べられる。

「品川区の戸越《とごし》に住んでいます」

「そうか。現場で採取した指紋《モン》と大沼の原紙カードはぴったり符合《ふごう》してるのか？」

「ぴったりとは言えませんが、ほぼ一致していました。右手の親指の弓状紋《きゅうじょうもん》、人差し指の渦状紋《かじょうもん》は、完璧に符合してます。ただ、中指の蹄状紋《ていじょうもん》が現場できれいに採取できなかったんですよ。だから、ぴったり合ってるとは言いきれないんです」

「しかし、指紋《モン》は万人不同で、一生変わらない。二本の指紋が合ってるなら、その大沼って男が辺見沙織の自宅に入ったことがあることは間違いないだろう」

「そうですよね」

力石が相槌《あいづち》を打った。

「家宅捜索《ガサイレ》した事件《ヤマ》は、もう片がついたのか？」

「ええ。右翼団体がコロンビア人の運び屋を使って、アメリカからプラスチック拳銃とブルーチアを密輸してたんです」

「ブルーチアというのは、確か覚醒剤《シャブ》とLSDを混ぜたやつだったな」

「そうです。アメリカでだいぶ以前から流行《はや》ってる混合麻薬《ドラッグ・カクテル》だそうです」

「その事件《ヤマ》が落着したんだったら、少しは時間がありそうだな？」

「おっしゃりたいことはわかりますよ。これから、大沼準一の事件当日のことを調べてみるつもりです」

「大変だろうが、よろしく頼む。そのうち何か奢《おご》るよ」

「気を遣《つか》わないでください。先輩は命の恩人なんです。反町さんが自分を突き飛ばしてくれなかったら、おそらくテロリストの凶弾に倒れてたでしょう」

「昔の話は、もういいじゃないか」

　反町は照れ臭かった。

「よくないですよ。自分、妻に反町さんに足を向けて寝るなって言ってあるんです。なんせ命の恩人ですんで」

「そう言いながら、力石はカードゲームでおれから金を巻き上げた」

「あの金、やっぱり受け取らなかったほうがよかったんですか？」

「冗談だよ、安心しろ。それより、『清進商事』の児玉輝夫の顔写真をメールしてくれたか？」

「ええ、ちゃんと送信しました」

「そうか」

「それからですね、さっき新宿署にいる知り合いに美人弁護士さんの事件《ヤマ》の捜査状況をさりげなく……」

「どうだった？」

「残念ながら、まだ手がかりらしきものは摑んでないようです。近々、また警察学校で同期だった奴に探りを入れてみますよ」

力石が言った。

「あんまり派手に動くなよ。こちらの動きを覚《さと》られると、後がやりにくくなるからな」

「そのへんはうまくやりますよ。大沼のことで何かわかったら、すぐに連絡します。それじゃ、また！」

「ご苦労さん」

反町は軽く手を挙《あ》げた。

力石が笑顔で敬礼し、エレベーターホールに足を向けた。反町は片瀬法律事務所に戻って、所長室のソファに腰かけた。真帆は、真剣な顔で公判記録を読んでいた。


作業を終えた。

男は口許を緩《ゆる》めた。真帆の部屋だった。

これで防犯カメラのモニターは五分に十秒ずつノイズ画面になるだろう。その間にここに侵入し、まず番犬の反町を麻酔薬で眠らせる。その後、美しい弁護士を嬲《なぶ》ってやろう。

男は薄笑いしながら、モニターから離れた。

居間の壁に、三十号ほどの油彩画《ゆさいが》が飾られている。男は額の吊《つ》り具の裏にマグネットタイプの超小型の盗聴マイクを取り付けた。手抜かりはないはずだ。

男は奥の部屋に入った。

花柄のベッドカバーをはぐり、羽毛《うもう》枕に顔を寄せた。かすかに髪の毛の匂いがした。羽毛の掛け蒲団《ぶとん》やフラットシーツも嗅《か》いだ。肌の匂いが、あえかに立ち昇ってくる。皮脂も混ざっているはずだが、不快ではない。

この夜具や真帆の肌が血で赤く染まる。

男はそう考えただけで、ぞくりとした。それだけではなく、下腹部に疼《うず》きを覚えた。男はベッドに潜り込みたい衝動を抑えた。目的を達する前に、つまらないミスをしてはならない。

男は気を逸《そ》らして、足早に寝室を出た。居間を通過し、そのまま玄関に急ぐ。

机の上で固定電話が鳴った。

反町は長椅子から立ち上がった。

午後六時だった。受話器を取った真帆の顔が引き攣《つ》った。

反町は抜き足で机に近寄り、電話機のスピーカー設定のボタンを手早く押した。

スピーカーから、男の怒声が流れてきた。

「まだ訴訟を取り下げさせてないな」

「名前を言わないなんて、卑怯じゃありませんかっ」

「気が強いな」

「堂々と正体を明かして、言いたいことを言ったらどうなの！　脅迫をつづけていると、被告側はさらに裁判で不利になりますよ」

「強気を通す気なら、おまえを半殺しにする。それでも折れなかったら、殺すことになるだろうな」

「あなたの声、録音したわよ」

「くそっ」

電話が切られた。

真帆が受話器を置いて、長く息を吐いた。

だが、電話の遣り取りはうまく録音されていなかった。相手の男の声は、ひどく聞き取りにくかった。口に何か含み、送話口にハンカチを被せていたのではないか。

「できれば、もう少し話を引き延ばしてほしかったな」

反町は言った。

「ごめんなさい。話しているうちに、なんだか頭に血が昇ってしまって……」

「いつもの男の声だった？」

「わからないの。同じようにも聴こえたし、違うようにも聴こえたんですよ」

「話し方や間《ま》の取り方なんかは、どうだった？」

「自宅のシークレットナンバーのほうにかけてきた男のほうが知的な喋り方だったような気もします」

「そう。脅迫者はまだはっきりしないが、『スターライト・コーポレーション』が絡んでそうだな」

「わたし、理不尽《りふじん》な脅迫には絶対に屈しません。けれど、正直なところ、だんだん怖くなってきました」

　真帆が両手で胸を抱え込んだ。

「荒っぽいことに馴《な》れてない人間なら、誰でもあなたと同じ気持ちになりますよ。しかし、その恐怖や不安がずっとつづくわけじゃない。勇気を出してほしいな」

「は、はい」

「気分転換に飯でも喰いに出ませんか？」

「そうね。きょうのノルマはこなしたから、お鮨《すし》でも食べに行きましょうか」

「いいですね」

「小さなお店だけど、目白に行きつけのお鮨屋さんがあるんですよ。そこでいいかしら？」

「お任せします」

反町は先に所長室を出た。

調査員の小室が机に向かっていた。女性事務員は、すでに帰ったようだった。

反町と真帆は小室に戸締まりを頼み、先に事務所を出た。依頼人は、小室にオフィスの合鍵を預けてあった。

反町は周囲に目を配りながら、真帆を地下駐車場に導いた。

真帆の馴染《なじ》みの店は、ＪＲ目白駅から数百メートル離れた場所にあった。目白通りから少し脇に入ったあたりだ。

確かに大きな店ではなかった。

カウンターには、十人も坐れないだろう。テーブル席は一卓しかない。

出入口に近いカウンター席に中年男性の二人組がいるだけで、ほかには客はいなかった。

反町たちは、カウンターの中ほどに並んで腰かけた。

付け台の向こうには、頭のすっかり禿《は》げ上がった五十七、八歳の男がいた。それが店主だった。小太りで、血色も悪くない。

真帆がビールを注文し、つまみの刺身を見繕《みつくろ》わせた。

「こっちはアルコールは遠慮しておこう」

反町は言った。

「ビールなら、そうアルコール分も多くないから、大丈夫でしょ？　お酒、苦手なんですか？」

「いや、底なしに近いんだ」

「それなら、つき合ってくださいよ。ひとりで飲んでも、おいしくないから」

真帆がそう言って、反町のグラスを満たした。

もう反町は何も言わなかった。真帆のグラスにビールを注《つ》いでやる。

二人は軽くグラスを触れ合わせた。

反町は一気に飲み干した。真帆は半分ほど空けた。アルコールは嫌いではないようだった。

つまみを食べながら、二人でビールを四本空けた。その後、握りを抓《つま》んだ。鮨種は、どれも新鮮だった。ことに中トロとノドグロがうまかった。

反町は、真帆の四倍は食べた。

アルコールが入ると、真帆はぐっとくだけた感じになった。いつからか、かしこまった喋り方はしなくなっていた。打ち解けた雰囲気になった。

もっと酔わせれば、何かいいことがあるかもしれない。

反町は煙草に火を点け、日本酒を五合徳利で注文した。

耳鳴りが熄《や》まない。

男は受信機に繋がっている耳栓《みみせん》型のレシーバーを耳から外した。真帆の部屋からは、なんの物音も響いてこなかった。

男の車は、『目白パールレジデンス』のある通りの暗がりに駐《と》めてあった。マンションまでは六、七十メートル離れている。

時刻は午後十一時近かった。

煙草をくわえかけたとき、前方に車のヘッドライトが見えた。男は闇を透《す》かして見た。

車はブルーグレイのスウェーデン車だった。反町のボルボXC60だろう。

男は、さらに目を凝らした。

やはり、ステアリングを握っているのは元SPだった。助手席の女は、片瀬真帆にちがいない。少し経つと、ボルボが『目白パールレジデンス』の地下駐車場に潜り込んだ。

今夜こそ、決めてやる。男は助手席に置いた焦茶《こげちゃ》のショルダーバッグを摑み、素早く車を降りた。

上から下まで、黒ずくめのいでたちだった。男はマンションまで急ぎ足で歩き、玄関前の植え込みの間を抜けた。マンションの裏側を大きく回り込み、非常階段を五階まで上がる。

男は踊り場にしゃがみ、黒いフェイスマスクを被った。両手に手術用のラテックスの手袋を嵌める。

非常扉に防犯アラームが取り付けられていないことは、すでに確認済みだった。

男は特殊万能鍵で非常扉の内錠を外した。扉に耳を押し当てる。一分ほど経つと、男と女の話し声がかすかに聞こえた。

「少し飲みすぎてしまったわ」

「大丈夫？」

「ええ。アルコールのせいで、少し緊張感が薄れたみたい」

「それなら、もう少し寝酒を飲《や》ったほうがいいかもしれないな」

反町と真帆の会話だった。

二人の足音が止まった。ドア・ロックを解く音が響き、真帆たちが部屋に入る気配がした。

男は非常扉を静かに開け、マンションの内部に入った。

人の姿はなかった。壁伝いに五〇五号室に近づき、防犯カメラの死角ぎりぎりまで接近した。すぐに吸盤型の盗聴器を壁に押し当て、イヤフォンを耳に当てる。厚さ五メートルのコンクリートの壁の向こう側の会話もキャッチできる秀《すぐ》れた製品だった。

二人のどちらかが、防犯カメラを作動させはじめた。男は秒針付きのスポーツウオッチを覗いた。

モニターの画像が乱れた。

反町は、凌辱予告犯が何か細工《さいく》をしたと直感した。この部屋に入ったときから、アフターシェービング・ローションの匂いが漂っていることに引っかかっていたのだ。自分の使っているローションではなかった。

真帆はリビングソファに凭《もた》れかかって、瞼《まぶた》を閉じていた。

反町は足音を殺しながら、玄関ホールに向かった。

ホールに達すると、玄関ドアが細く開いていた。黒いフェイスマスクを被った細身の男が、大型ペンチでチェーン錠を断ち切りかけていた。

反町は、わざと声をかけなかった。シューズボックスの陰に身を潜めかけたとき、男が反町に気づいた。

「おい！」

反町は玄関の三和土《たたき》に降りた。

そのとき、男が急に身を翻《ひるがえ》した。逃げる気らしい。

反町はチェーン錠を外し、廊下に走り出た。

ソックスのままだった。男の姿は、どこにも見当たらなかった。それでも反町はエレベーターホールまで走り、すぐに非常扉のある場所に引き返した。

扉はロックされていなかった。

反町は非常階段の踊り場に出た。

フェイスマスクの男の姿は掻き消えていた。まだ遠くまでは逃げていないだろう。

反町は怪しい男を追い詰めたかった。

しかし、真帆を部屋に残すことは危険だ。反町は五〇五号室に駆け戻り、真帆に不審な男が侵入しかけたことを告げた。

真帆は、いっぺんで酔いが醒《さ》めたようだった。

反町はモニターと防犯カメラを点検してみた。

何か細工をされたことは間違いなさそうだが、おかしな装置は発見できなかった。設定をいじられたのだろうか。

反町は怯えはじめた真帆を勇気づけ、室内を徹底的に調べてみた。すると、居間の油彩画の吊り具の裏に超小型の盗聴マイクが装着されていた。

反町は故意に取り除かなかった。

手帳に犯人が部屋に入って盗聴器を仕掛けたことを走り書きし、真帆に見せた。真帆が危うく驚きの声をあげかけ、慌てて口を手で押さえた。

二人は筆談を交わしながら、犯人が部屋に侵入した瞬間をカメラで捉《とら》えることを思いついた。

反町は玄関ホールの飾り棚にＣＣＤカメラを隠し、侵入者が玄関マットに上がった瞬間を捉えるよう細工した。

反町は、真帆に外泊の用意を整えさせた。二人の遣り取りは、すべて筆談だった。

やがて、反町たち二人は五〇五号室を出た。

第三章　苦《にが》い誤算

1

ミニボトルが空《から》になった。

オールドパーだ。四つ目だった。

それでも、美人弁護士の体の震《ふる》えは止まらなかった。反町は真帆の背後に回り、ほっそりとした肩を両腕で包んだ。

新宿の西口にある高層ホテルの一室だった。十八階のツイン・ベッドルームである。

「わたしの部屋に侵入しようとした男が、この近くにいるんじゃないかしら？」

真帆が震えを帯びた声で言った。

「もう大丈夫ですよ、奴の車は撤《ま》いたから」

「でも、まだ安心できないわ」

「少し眠ったほうがいいな」

「怖くて、とても眠れそうもないの」

「そばにいますよ」

反町は真帆をソファから立たせ、壁側のベッドに横たわらせた。真帆は靴を脱いだだけだった。

『目白パールレジデンス』を出て間もなく、反町はオフブラックのレクサスに尾行されているることに気づいた。ドライバーは、真帆の部屋に忍び込もうとした黒ずくめの男だろう。反町は真帆を赤坂グレースホテルに連れていく気でいた。

しかし、そうすることは危険に思えた。

反町は自分の塒《ねぐら》を通過し、赤坂にあるＴＢＳの裏手で尾行の車を撒いた。そして、このホテルにチェックインしたのだ。

反町は部屋に入ると、すぐに力石に電話をして、不審なレクサスのナンバー照会をしてもらった。だが、そのナンバーの登録車は存在しなかった。偽造のナンバープレートだったのだろう。

上着の内ポケットの中でスマートフォンが鳴った。

真帆が言葉にならない声を張り上げ、勢いよく跳《は》ね起きた。

「心配ないよ。寝ててくれないか」

反町はベッドから離れ、スマートフォンを耳に当てた。

「おれっす」

藤巻の声が耳に届いた。

「腕時計、リサイクルショップで換金したのか？　おい、間もなく午前一時だぞ」

「もう寝《やす》んでたようっすね？」

「おれじゃなく、依頼主《クライアント》がな」

「申し訳ないっす」

「ま、いいさ。何かわかったんだろう？」

反町は先を促《うなが》した。

「そうなんすよ。『スターライト・コーポレーション』の鳥羽社長が六本木のナイトレストランで、筋者《すじもの》っぽい男と会ったんす」

「その男の正体は？」

「なんと『清進商事』の社長で、児玉輝夫という奴でした」

「そいつは、関東俠仁会の理事でもある。自分の組も持ってるようだ」

「やっぱり、あのボールペンは犯人の物だったんすね」

「鳥羽と児玉は、どんな話をしてた？」

「片瀬弁護士がいつまでも原告に訴訟を取り下げさせないようだったら、彼女を拉致《らち》して少し痛めつけようと……」

「その話は、鳥羽のほうが持ちかけてたんだな?」

「ええ、そうっす。児玉って奴は、あまり乗り気じゃない感じでしたっすね。片瀬さんを狙《ねら》うより、原告を脅《おど》したほうが手っ取り早いとアドバイスしてましたよ」

「しかし、鳥羽は児玉の助言には耳を傾けなかったんだ?」

「そうっす。鳥羽は知的な女性を心底、嫌ってるみたいでした。だから、何がなんでも片瀬弁護士を潰《つぶ》したいんでしょうね」

藤巻が言った。

「おそらく、そうなんだろうな。ほかに何か収穫は?」

「児玉は愛人を北区滝野川《たきのがわ》の一戸建ての平屋に囲ってました。おれ、ナイトレストランから児玉を尾《つ》けたんすよ」

「女の名前や詳《くわ》しい住所を押さえてくれたな」

反町は確かめた。

藤巻が児玉の愛人の名前と住所を告げた。反町は、それらを手帳にメモした。

「とりあえず、きょうの報告はそんなとこっすね。明日は、どうします?」

「何か予定がなけりゃ、芝大門で待機しててくれないか。また、藤巻ちゃんに代役を引き受けてもらわなきゃならなくなりそうなんだよ」

「いいっすよ。それじゃ、そういうことで！」

藤巻が電話を切った。

反町はスマートフォンを上着の内ポケットに戻した。ベッドを見ると、真帆は上体を起こしたままだった。肩が小刻《こきざ》みに震えている。

「藤巻君からの報告でした。さあ、横になって」

反町は、ふたたび真帆をベッドに寝かせた。

「体の震えが止まらないんです」

「少し室温を上げようか」

「寒くはないの。でも、全身の震えがなかなか熄《や》まなくて」

「あなたが幼女なら、添《そ》い寝をしてやるんだがな」

「お願いします、それ……」

真帆が顔を赤らめ、伏し目がちに言った。

「いいのかな、本当に？」

「はい」

「それじゃ、寝具の上から抱きましょう。失礼するよ」

反町は依頼人に身を寄り添わせ、毛布の上から強く抱きしめた。

真帆が体をずらし、横向きになった。反町は、真帆を胸に抱《かか》え込む形になった。

数分後、真帆の全身の震えは熄んだ。

反町は密《ひそ》かに胸を撫《な》で下ろした。依頼人を怯《おび》えさせるのは、ボディガードとして恥ずかしいことだった。

「こんなふうにしていると、子供のころに父に抱かれたときのことを思い出すわ」

真帆が呟《つぶや》いた。

頭のいい女は予防線の張り方がうまい。父親の話など持ち出されたら、口説《くど》けなくなる。反町は心の中でぼやいた。

「本当に気持ちが安らぐわ」

「朝まで、こうしててやろう」

「そんなことをしてもらったら、反町さんの恋人に叱《しか》られてしまうわ」

真帆が真顔《まがお》で言った。

「彼女が怒るわけない」

「あら、どうして?」

「きみは、こっちの娘なんだから」

反町は馴《な》れ馴れしく言って、子守り唄《うた》をくちずさみはじめた。

真帆が、くすりと笑った。反町は歌いながら、毛布越しに真帆の肩を撫で、腰を軽く叩いた。

真帆は、されるままになっていた。

反町は、手を動かしつづけた。頭も撫で回し、髪の毛もまさぐる。

真帆は気持ちよさそうだった。反町は時折、真帆の脇腹や腿《もも》も撫でさすった。

そのつど、真帆は身じろぎをした。しかし、手を払いのけるようなことはなかった。

父親役を演じるには、自分はまだ若すぎる。

反町は少しずつ大胆な愛撫を加えはじめた。もう子守り唄を歌うことはやめていた。

真帆は時に身を硬くしたが、抗《あらが》うことはなかった。反町は勇気づけられ、胸の隆起に触《ふ》れた。

すると、真帆が瞼《まぶた》を開けた。

「いけないわ、そんなこと……」

「法的には、これで不同意性交未遂になるのかな。こっちは、父親役を演じきれるほど枯れちゃいない」

「困るわ、困ります。起きて」

「きみと一つになりたい」

「あなたには、素敵な恋人がいるじゃないですか」

「彼女は彼女だ。きみは、きみだよ」

「欲張りなんですね」

「きみに魅《み》せられてしまったんだ」

反町は、ことさら熱っぽく真帆の顔を見つめた。

真帆の瞳に微妙な光が宿った。戸惑いと嬉しさの入り混じった目だった。

反町は唇を重ねた。その瞬間、真帆が反町を押し返すような動きを見せた。しかし、張られた肘《ひじ》は少しずつ引き戻された。

反町は舌の先で、真帆の唇を割った。

歯は固く閉じ合わされている。まだ惑いが残っているようだ。反町は、真帆の歯茎《はぐき》をくすぐるように舐《な》めた。歯茎や上顎《うわあご》の肉も、官能を昂《たか》める場所だった。

少し経つと、真帆が吐息を洩《も》らした。口は半開きだった。

反町は抜け目なく舌を吸いつけ、毛布をはぐった。

そのとき、真帆が舌を控え目に閃《ひらめ》かせはじめた。合意のサインだろう。

反町は斜めにのしかかり、真帆の唇と舌を強く吸いつけた。真帆の応《こた》え方も俄然《がぜん》、情熱的になった。反町は濃厚なキスをし、項《うなじ》や喉元《のどもと》もついばんだ。耳朶《みみたぶ》もしゃぶって、外耳の後ろにも舌を当てた。

そのとたん、真帆は魚のように身をくねらせた。尖《とが》らせた舌を耳の奥に潜《もぐ》らせると、彼女はなまめかしく呻《うめ》いた。

反町はいったん上体を起こし、上着を脱いだ。

ジャケットを床に落とし、真帆の着ている物を一枚ずつ脱がせていった。薄紙を剝《は》ぐような手つきで脱がせる。

パンティーを取り除くと、真帆は片腕で顔を隠した。

想像通りの裸身だった。胸は豊かで、ウエストがぐっと細い。腰の曲線も美しかった。

和香奈と優劣がない。

反町は真帆の白く輝く体を観察しながら、大急ぎで素っ裸になった。分身は頭をもたげはじめていた。

反町は改めて体を重ねた。

二人は唇を求め合った。反町は舌を深く巻きつけながら、すぐに真帆の感じやすい部分を探りはじめた。

指の間に膨《ふく》らんだ乳首を挟《はさ》みつけ、弾力性のある隆起を揉む。真帆は、切なげに喘《あえ》ぎだした。感度は悪くなかった。

反町は真帆の胸の蕾《つぼみ》を吸いながら、恥丘に手を伸ばした。ぷっくりとした丘には、絹糸のような飾り毛が生《は》えていた。ほどよい量だった。

鋭敏な芽は包皮から弾《はじ》け、痼《しこ》っていた。生ゴムのような手触《てざわ》りだ。

指の腹で、頂《いただき》を押す。芯《しん》の部分は珠《たま》のようだった。裾野の部分も愛撫する。

感じやすい突起に刺激を与えつづけていると、真帆が腰を弾《はず》ませはじめた。恥丘全体を迫《せ》り上げもした。

ほんの数分で、真帆は不意に昇りつめた。体を鋭く痙攣《けいれん》させながら、間歇《かんけつ》的に唸《うな》りに近い声を迸《ほとばし》らせた。下腹や内腿に、漣《さざなみ》に似た震えが走った。

反町は静かに分け入った。

二人は抱き合って、リズムを合わせた。反町は、あえて技巧は用《もち》いなかった。ごく自然に動いた。

「モデルさんのような彼女には申し訳ないけど、今夜は反町さんを独占したいわ」

真帆がそう言いながら、両腿で反町の胴をきつく挟んだ。

反町は浅く深く突きはじめた。すぐに真帆の息が乱れだした。反町はゴールに向かって、ひた走りに走った。

真帆の顔が快楽に歪《ゆが》みはじめた。寄せられた眉根がセクシーだ。

反町はラストスパートをかけた。真帆の顎が徐々にのけ反《ぞ》っていく。顔が横に振られた。

「た、たまらない……」

真帆がはっきりと口走り、先に愉悦の海に溺《おぼ》れた。反町の昂まりは、きつく搾《しぼ》り上げられはじめた。凄《すさ》まじい締めつけだった。快感のビートが伝わってくる。

反町は吼《ほ》えながら、勢いよく放った。真帆の中で、何度もペニスがひくついた。

電話は繋がらなかった。

片瀬真帆はスマートフォンの電源をオフにしているようだ。男は受話器をフックに叩きつけた。

午前四時過ぎだった。

男は自宅の居間でジンを呷《あお》っていた。反町に尾行を撒かれたことが悔しくて、寝床に入る気になれないのだ。

この自分が、ＳＰ崩《くず》れの番犬ごときに手を焼かされるとは情けない。あの男を先に半殺しにしてやるか。場合によっては息の根を止めてもいい。

男はゴードン・ジンをラッパ飲みにして、空《から》になったボトルを壁に投げつけた。

ジンの空《あ》き壜《びん》は割れなかった。床に落ちて、二回転しただけだ。

男は長椅子から立ち上がり、ボトルを摑《つか》み上げた。居間のサッシ戸を開け、テラスの赤《あか》煉瓦《れんが》に空き壜を思うさま叩きつけた。ガラスの欠片《かけら》が飛び散る。

隣家の飼い犬が高く吼《ほ》えた。

「うるせえ！　ぶっ殺すぞ」

男は怒鳴《どな》り返し、ガラス戸を荒っぽく閉めた。

そのとき、奥の和室から女が出てきた。

「いまの音は何なの？」

「おまえには関係ない！」

「もう四時を回ってるのよ。少し寝たら？」

「女房みたいな口をきくんじゃないっ」

男は喚《わめ》き、女に近づいた。

相手が背を見せ、奥の居室に逃げようとした。男は女を突き倒し、パジャマのズボンとパンティーを一気に引き下げた。足首から抜く。

「いやよ、こんな所じゃ」

女が言った。

男は女を仰向けにすると、股を大きく割った。合わせ目を乱暴に押し拡《ひろ》げ、カッターナイフの先端を浅く埋めた。まだ刃は、一ミリも押し出されていなかった。

「な、何をする気なの⁉」

「スライドを滑らせて、ちょっと刃を押し下げれば、おまえの大事なとこは血に染まるな」

「正気なの⁉　あなたは、まともじゃないわ」

女が肘で上半身を起こした。

「それ以上動いたら、刃を出すぞ」

「そんなこと、やめて！」

「おれのどこが、まともじゃないって言うんだっ。答えろ！」

「あなたは頭がよくて、運動能力も優《すぐ》れてるわ。だけど、少し……」

「先をつづけろ。ちゃんと答えないと、刃を一気に出すぞ」

男は凄《すご》んだ。

「言うわ。言うから、スライドは動かさないで」

「早く言え！」

「きっと精神のどこかに歪《ゆが》みがあるんだと思うわ。もしかしたら……」

「もしかしたら？」

「精神病質者《サイコパス》なのかもしれないわ。あるいは、異常性欲者なのかもね」

「おれはクレージーじゃない」

男はカッターナイフの柄を引き抜くと、スライドを滑らせた。

刃が七、八センチ、柄から出た。女が戦《おのの》き、尻を使って退《さ》がった。

男はカッターナイフを水平に泳がせた。

女が呻いた。右の肩口が赤くなった。

「おおっ、血だ」

男は譫言《うわごと》のように言い、血の付着したカッターナイフを足許《あしもと》に捨てた。

「痛いわ」

「おれが血を吸ってやる」

「近づかないで！」

「おれに逆《さか》らうのかっ。もっと痛い目に遭《あ》いたいらしいな」

「わたしが悪かったわ」

女が詫びて、うなだれた。

男は女を床に押し倒し、パジャマの胸許を両手で引き千切《ちぎ》った。ボタンが弾け飛び、床の上をころころと転がった。男はパジャマをはだけさせると、右肩の赤い傷口に唇を押し当てた。女が目をつぶる。絶望的な表情だった。

「血だ、女の血だ」

男は真紅の雫《しずく》を啜《すす》りはじめた。

2

車を停《と》める。

赤坂グレースホテルの地下駐車場だ。

「ここで待っててくれないか。フロントに用があるだけなんだ」

反町は真帆に言って、ドアを開けた。新宿のホテルをチェックアウトし、このホテルに立ち寄ったのだ。

「昨夜《ゆうべ》のことは忘れてくださいね」

「後悔してるのかな？」

「あなたの彼女に申し訳ないことをしてしまったわ」

真帆が小声で言った。

「きみが心を痛めることはないよ。仕掛けたのは、こっちなんだから」

「でも、わたしもその気になってしまったのですから、それなりの責任はあります」

「あまり深刻に考えないほうがいいな。男も女も生身《なまみ》の人間なんだ。何かの弾みで一線を越えることもあるさ」

反町は言って、車から出た。

フロントに急ぐ。反町は力石からのメールをプリントしてもらって、駐車場に取って返した。

真帆はボルボの助手席に坐《すわ》ったまま、何か思い悩んでいる様子だった。

反町は運転席に腰を沈めた。ドアを閉めたとき、真帆が正面を見たまま声を発した。

「ガードと調査をもう打ち切ってもらったほうがいいと思うの」

「おれたちが他人じゃなくなったから？」

「ええ。このまま反町さんとずっと一緒にいたら、わたし、あなたにのめり込みそうで怖いの」

「そんなふうに先のことは考えないで、成り行きに任せればいいんじゃないのかな。ちょっと無責任に聞こえるだろうが、それが自然だと思うよ」

「でも、あなたの恋人を傷つけることになるわ」

「そうだろうが、それも仕方ないことだろう。人生は何が起こるかわからないから、面白《おもしろ》いんじゃないか」

反町はそう言い、車を走らせはじめた。

「それはそうなんでしょうけど、あなたの彼女を悲しませることになると思うと、やはり……」

「彼女は呆《あき》れて、おれの許《もと》から去っていくだろう。そして、きみもおれに愛想《あいそう》を尽《つ》かすことになるかもしれない。男と女の仲なんて、なるようにしかならないものだよ。理詰めで恋愛なんかできない」

「その通りなのでしょうけど」

「きみが仮に多額のキャンセル料を積んだとしても、おれは降りない。きみを護《まも》り抜きたいってこともあるが、中途半端な仕事はしたくないんでね」

「あなたにまとわりつくかもしれないけど、妙な責任は感じないでほしいの」

真帆が口を噤《つぐ》んだ。

いい女だが、少しスクエアすぎる。反町はそう考えながら、ボルボを依頼人のオフィスに向けた。

午前十時前だった。

十分ほど走ると、コンソールボックスの上に置いたスマートフォンが鳴った。反町はスマートフォンを耳に当てた。

「おれです」

発信者は力石だった。

「早いな。大沼準一のことで何か摑んだようだな」

「ええ、まあ。辺見沙織がレイプされた晩、大沼は恵比寿《えびす》三丁目で、午前零時ごろに警邏《けいら》中の巡査に職務質《バン》問かけられてることがわかったんですよ」

「恵比寿と広尾は、いわば隣組だな」

「ええ。大沼は、そのあと辺見沙織のマンションに押し入ったんじゃありませんか？」

「事件当夜の大沼の着衣は？」

「職質《バン》かけた巡査の話によると、上から下まで黒ずくめだったそうです。焦茶《こげちゃ》のショルダーバッグは持っていなかったらしいんですが、沙織の証言した年恰好ですからね」

「しかし、前科二犯の大沼の犯罪《ヤマ》にしちゃ、ちょっと間が抜けてるな。前科《マエ》持ちなら、現場に指紋《モン》を遺《のこ》すような失敗《ドジ》は踏まないだろう」

反町は言った。

「そうだとしたら、真犯人が大沼準一の指紋《モン》を偽造したってことになりますね」

「考えられるな」

「他人の指紋《モン》を偽造することは、技術的には可能ですが……」

力石が語尾を呑《の》んだ。

指紋の偽造方法はいろいろあるが、写真製版法を応用したものが最も精度が高い。

この方法は、印刷製版技術の基本である。印刷関係の仕事に携《たずさ》わっている者はもちろん、写真愛好家、編集者、イラストレーターたちにも知られている。

この方法を悪用して、他人の偽造指紋を現場に遺すこともできるわけだ。偽造指紋に汗や脂《あぶら》を付着させておけば、自然な形で他人の指紋を犯行現場に遺すことができる。

ロシアの工作員たちは、指紋や毛孔《けあな》まで偽造した義手をこしらえる技術を学ばされていたらしい。

「女性キャスターを襲った奴は犯罪のプロか、元特殊工作員と考えてもいいかもしれないな」

反町は言った。

「大沼準一はシロなんですかね？」

「前科《マエ》持ちが現場に指紋《モン》を遺すとは考えにくい。おそらく大沼は、真犯人に濡衣《ぬれぎぬ》を着せられたんだろう」

「それじゃ、大沼を恨《うら》んでる人間を洗い出してみましょう」

「一応、洗い出しをやってもらおうか。しかし、無駄になるかもしれないな」

「無駄ですか？」

力石が問い返してきた。

「ああ。真犯人《ホンボシ》が本庁の大型コンピューターの指紋カードシステムに侵入して、大沼準一の指紋《モン》を盗み出したとも考えられるじゃないか」

「しかし、コンピューターのガードは固いはずです」

「名うてのハッカーなら、きっとシステムに潜り込めるにちがいない。現にNASAのジェット推進研究所、FBI、米国防総省《ペンタゴン》のコンピューターにまで侵入したハッカーがいる」

「その話は知っています」

「サイバー犯罪対策室の目を盗んで、本庁や警察庁の大型コンピューターにハッキングしてる奴はいるはずだ」

「ハッカー捜しとなると、自分の手には負えないな」

「力石、念のために大沼準一の周辺の人間を洗ってみてくれないか。無駄骨を折ることを承知でな」

反町は通話を切り上げ、真帆に電話の内容をかいつまんで話した。

いつしか車は目的地に近づいていた。

「反町さんの推測は正しいと思うわ。前科のある人たちは、とっても指紋に神経質だから。いつか手形パクリ屋と仕事で会ったことがあるんだけど、その男は水の入ったコップをひっきりなしにいじってたの」

「指紋《モン》に幾重《いくえ》にも指紋《モン》を重ねて、鑑別しにくくしてるんだろうな」

「ええ、そうらしいの。自分の指紋をごまかす習性が自然と身についてしまったんですって。そういう前科者の話を聞くと、大沼準一という男が不用意に沙織さんのマンションに指紋を遺すなんてことは、ちょっと考えられないわ」

真帆が言った。

反町は無言でうなずき、ボルボの運転に専念した。やがて、真帆のオフィスのあるビルの地下駐車場に車を滑り込ませた。

二人は車を降り、エレベーターに乗り込んだ。扉が閉まりかけたとき、黒いキャップを目深《まぶか》に被《かぶ》った三十歳前後の男があたふたと乗り込んできた。

先夜、段平《だんびら》を振り回した男だ。

男が〝閉〟のボタンを押し、リボルバーを突きつけてきた。

ブラジル製のロッシーだった。三十八口径で、銃把《じゅうは》の両側には狐色《きつねいろ》の合板が貼《は》られている。南アの鉄砲店では、わずか二万円程度で売られている拳銃だ。

日本人漁船員がケープタウンで大量に買い付けたロッシーを国内に持ち込み、かなり前に逮捕された事件があった。押収されたロッシーは数千挺《ちょう》で、すでに約二千挺は広域暴力団に引き取られていた。

男が握っているリボルバーは、そのうちの一挺なのか。

反町は真帆を背の後ろに回し、男の右手首を摑んだ。まだ撃鉄《ハンマー》は起こされていない。

男が顔を歪めながら、足を飛ばしてきた。反町は男の脚を抱え込み、小内《こうち》刈りを掛けた。男は尻から落ちた。

反町はロッシーを奪い取り、エレベーターの扉を閉めた。

撃鉄を搔《か》き起こし、男を摑み起こす。

「誰に頼まれた?」

「おれをどうする気なんだよっ」

「質問に答える気はないらしいな」

反町はロッシーの銃身で、キャップの鍔《つば》を跳ね上げた。

キャップが男の頭から落ちた。後ろ側だった。男は目を尖らせたが、何も言わなかった。

エレベーターが停止した。真帆の事務所のある階だった。

反町は男の腰に銃口を突きつけ、上着の裾《すそ》で銃身を隠した。

「この男をどうするの？」

真帆が訊《き》いた。

「きみをオフィスまで送ったら、ちょっとドライブをしてくるよ」

「ドライブって？」

「後で教えてやろう」

反町はそう言い、男の尾骶骨《びていこつ》を膝《ひざ》で蹴った。

男がホールに降りた。仲間らしい姿はなかった。

反町は男を捉《とら》えたままで真帆を事務所の前まで送り、エレベーターホールに引き返した。そして、地下駐車場のボルボの後ろ側に連れ込んだ。

「て、てめえ、何を考えてやがるんだ」

「すぐにわかるさ」

反町は冷笑し、男の頭頂部を銃把の底で強打した。

男が膝から崩れる。反町は男の脇腹に蹴りを入れ、素早くトランクリッドを開けた。

ロープで男の両手を後ろ手に縛り、口を粘着テープで塞《ふさ》ぐ。反町は男をトランクの中に押し込み、スマートフォンで藤巻に自分の代役を頼んだ。

反町は藤巻が駆けつけるまで運転席で待った。ロッシーはグローブボックスに入れた。

貧乏探偵のランドクルーザーが駆けつけたのは、二十数分後だった。

反町は車から出なかった。イタリア製の柄セーターを着た藤巻が近寄ってきた。

「何があったんす？」

「トランクの中に、ヤー公らしい奴が丸くなってる」

「殺《や》ってしまったんすか⁉」

「いや、生きてるよ。ちょっと痛めつけるつもりなんだ。真帆のガードを頼むな」

「あれ、名前を呼び捨てですね。ということは、ひょっとしたら……」

「妙な邪推はやめてくれ。こっちは依頼人に手を出すほど女に不自由してないよ」

「でも、反町さんは女好きだからなあ」

「つまらないことを言ってないで、早く片瀬法律事務所に行ってくれ。これは、きょうの日当だ」

反町は窓越しに五万円を渡した。少し色をつけたのである。

藤巻が満面に笑《え》みを浮かべ、エレベーター乗り場に駆けていった。反町はボルボを発進させた。

山手通りに出て、川越《かわごえ》街道に入る。埼玉県の和光《わこう》市の外れを抜け、荒川《あらかわ》の土手道に出た。

しばらく走ると、人の姿が疎《まば》らになった。

反町は車を停め、トランクから男を引きずり出した。土手の縁《ふち》まで歩かせ、男を突き飛ばす。男は丸太のように斜面の下まで転がり落ちた。反町も河原まで駆け下りた。男は枯れ草の中で呻いていた。

反町は周《まわ》りをうかがいながら、男の腹と腰を容赦なく蹴りまくった。男はくぐもった呻き声を洩らしながら、転げ回った。

反町は屈《かが》み込んで、粘着テープを荒っぽく引き剝がした。口から血糊《ちのり》が噴《ふ》き出した。内臓のどこかが破れたのだろう。

「喋《しゃべ》る気になったか？」

「て、てめえ、このままじゃ済まねえぞ」

「もう少し気の利《き》いた凄み方しろや。口の周りが血塗《まみ》れだな。顔を洗いたいだろう」

反町は川の水辺まで男を引きずっていき、そのまま頭を押しつけた。男の顔面は水の中に完全に沈んだ。

反町は十まで数え、男の頭髪を摑んで引き起こした。

男がもがきながら、大きく息を吸った。すぐにまた、男の頭を沈める。

反町は同じことを十数回、繰《く》り返した。それでも、男は口を割ろうとしなかった。

「意外に粘るじゃないか。気に入ったよ。いい物をやろう」

反町は男の顎の関節を外し、口の中に小石を次々に詰め込んだ。

男が目を白黒させながら、全身で暴れる。首を振るたびに、血だらけの小石が口から零《こぼ》れ落ちた。

「小休止だ」

反町はマールボロに火を点けた。

男は口を開けたまま、のたうち回りはじめた。血の塊《かたまり》と小石が次々に吐き出された。

反町はゆったりと煙草を喫《す》った。

男は必死に叫ぼうとしているが、言葉にはならない唸り声が洩れただけだった。反町は、男の額《ひたい》に煙草の火を押しつけた。肉の焦《こ》げる臭いが立ち昇ってきた。

男は体を左右に振った。

反町は男の顎の関節を元通りにしてやった。

「誰に頼まれた？　いい加減に口を割らないと、そっちの足首にロープを括《くく》りつけて土手道を車で何キロも引きずり回すぞ」

「もう勘弁してくれ。おれは社長に頼まれたんだよ」

「社長？」

「おれは『清進商事』の者なんだ」

「つまり、関東俠仁会児玉組の組員ってわけか」

「うん、まあ」

「名前は？」

「増田《ますだ》だよ」

「そっちが片瀬法律事務所にライフル弾をぶち込んだんじゃなさそうだな。組の兄貴分の仕業か？」

「知らねえよ、そんなことは。おれは女弁護士をビビらせろって言われただけなんだ」

男が唸りながら、必死に訴えた。シラを切っているようには見えなかった。

「児玉は昔、鳥羽の舎弟《しゃてい》分だったんだなっ」

「………」

「どうした？　ロッシーで太腿に銃弾をぶち込んでやってもいいぞ」

「や、やめてくれ。あんたの言う通りだよ。だから、社長は鳥羽さんの頼みごとを断れなかったんだろう」

「鳥羽は児玉に何を頼んだんだ？」

「詳しいことはわからねえよ」

「『清進商事』の人間で、ハッキングのできる奴は？」

「なんだよ、ハッキングって？　ファックのことか？」

「たまにはネットぐらい覗くんだな。ハッキングってのは、コンピューターに侵入して、いろんな悪さをすることさ」

反町は説明した。

「うちの会社でちゃんとパソコンをいじれるのは、女性事務員だけだよ」

「組に盗聴のうまい野郎は？」

「さあ、よくわからねえな」

「そうか。二度と片瀬真帆に近づくな」

「わ、わかったよ」

増田が小声で答えた。

「それから、おれのことを児玉に喋ったら、おまえをニューハーフにするぞ」

「それ、どういうことなんでえ？」

「シンボルをちょん斬《ぎ》るってことだ」

「社長にあんたのことは言わねえよ。てめえの失敗《ドジ》を知られたくねえからな。けど、拳銃《チャカ》は返してもらいてえな」

「あれは、おれが預かっとく」

反町は増田の顎を蹴りつけ、土手の斜面を一気に駆け上がった。

玄関マットに足を乗せたときだった。

男の耳に、かすかなシャッター音が届いた。美人弁護士の自宅である。男は静かに屈んだ。

午後二時過ぎだった。

玄関マットから細い釣糸《つりいと》が這い、それは正面の白い棚《たな》に延びていた。テグスの先端は置物の陰に隠されたCCDカメラのシャッター頭部に貼りつけられた粘着テープに接着されていた。

釣糸が引っ張られると、シャッターが下に落ちる仕掛けになっているようだ。CCDカメラは横に倒れている。

元SPの浅知恵なのだろう。

男はゴム手袋をした手でCCDカメラを抓《つま》み上げ、データを抜き取った。上着のポケットにメモリーを入れ、カメラを元の場所に置いた。

男は居間に足を踏み入れ、壁の絵に歩み寄った。吊《つ》り具の裏からマグネットタイプの超小型盗聴器を剝がし、上着のポケットに収めた。

男はダイニングテーブルの下から椅子を引き出し、それを玄関ホールに運んだ。椅子を踏み台にして、ホールのペンダント照明の白熱電球を外す。

シューズボックスの上に置いたショルダーバッグから捩《ねじ》込み式の爆発物を静かに取り出した。

電球の捩込み部の真下の点火用フィラメントは、黒色火薬雷管に接続している。その部分の下には、火薬と菱形《ひしがた》の小さな金属片がぎっしりと詰まっている。

電灯のスイッチが入れられると、フィラメントの導火線と起爆剤に火が走り、爆発する構造になっていた。手製の室内用トラップだ。

ボディガードの反町が片瀬真帆より先に玄関に入り、電灯のスイッチを入れるはずだ。あの男は頭から、ほぼ全身に夥《おびただ》しい数の金属片を浴びることになるだろう。

男は椅子を元の場所に戻し、すぐさま部屋を出た。むろん、玄関のドアは万能鍵できちんとロックしておいた。

3

見通しは悪くない。

しかも、出入口は一カ所しかなかった。好都合だ。

『清進商事』の本社は神田須田町《かんだすだちょう》一丁目にあった。十階建ての細長いビルは、児玉組の所有不動産だろう。

反町はフロントガラス越しに、『清進商事』の本社ビルの表玄関を見ていた。張り込んで、およそ四時間が経《た》つ。

午後七時を過ぎていた。荒川の河原で痛めつけた増田という男は、まだ会社に戻っていない。怪我で入院した可能性もある。

児玉輝夫がビルの中にいることは、すでに偽電話で確認済みだった。

反町は児玉を締め上げる気でいた。

マールボロをくわえかけたとき、助手席の上でスマートフォンが鳴った。藤巻からの電話だった。

「何かあったのか?」

「いいえ、何もないっす。片瀬弁護士が少し離れた所にあるレストランに行きたがってるんすけど、事務所から出てもかまわないっすか?」

「それは控えさせてくれ。調査員の小室さんは、もう帰ったのか?」

「いいえ、まだっす」

「だったら、小室さんに頼んで彼女と藤巻ちゃんの弁当を買ってきてもらってくれないか」

反町は言った。

「わかりました。そうするっす。ところで、反町さんはこちらには何時ごろ?」

「二、三時間後には戻れると思うが、おれがそっちに行くまで外出はしないでほしいんだ」

「了解！」

藤巻が電話を切った。

反町は煙草に火を点けた。半分ほど喫ったとき、また電話がかかってきた。反町は喫いさしのマールボロの火を消し、スマートフォンを耳に当てた。

「わたしだよ」

滝信行《たきのぶゆき》の声だった。

かつての飲み友達の精神科医である。四十八歳の滝はアルコール依存症に罹《かか》って以来、酒を断っている。しばらく休職していたが、いまは週に何日か公立病院で働いている。

「どうもしばらくです。ドクター、お変わりはありませんか？」

「なんとかやってるよ。時々、無性《むしょう》にアルコールが飲みたくなったりするがね」

「ドクターは、心に深い傷を負ってる患者たちの苦悩を真面目《まじめ》に受けとめてるからなあ」

「それが、わたしの仕事なんだ」

「こっちみたいに適当な生き方をしてりゃ、体調を崩したりしないんでしょうが……」

「きみが言うほどに、仕事にのめり込んでたわけじゃない。しかし、救いようのない心的外傷《トラウマ》を負った不幸な患者さんたちに接していると、自分の無力さが哀《かな》しくなってしまってね。それで、ついついアルコールに逃げてしまったんだよ」

「それだけ、ドクターは心優しいんだろうな」

反町は言った。お世辞ではなかった。心底、そう思っていた。

「わたしは、自分で選び取った仕事をきちんとできたらと考えてるだけさ」

「それにしても、なかなかできることじゃないですよ。ところで、双葉《ふたば》ちゃんは元気ですか？」

「相変わらずだよ」

双葉というのは、滝のひとり娘だった。名門女子大を一年で中退し、画材店でアルバイトをしながら、童話作家を志《こころざ》している。二十一歳だった。

滝の妻は、四年前に病死している。滝父娘《おやこ》は世田谷《せたがや》区松原《まつばら》に住んでいた。

「そうだ、近々、双葉ちゃんの創作童話集が出版されるんでしたね。おれ、二、三百冊まとめ買いします」

「そういう気遣《きづか》いは無用だよ。それより、来月の上旬に忘年会を兼ねて双葉の出版記念会をささやかにやろうと思ってるんだが、出席してもらえるかな？」

「もちろん、喜んで。和香奈や藤巻ちゃんも引っ張っていきますよ。で、日時や会場は？」

「そんな大げさなパーティーじゃないんだよ。十二月七日の夕方六時から、わが家で立食スタイルのささやかな集《つど》いをするつもりなんだ」

「その日は必ず空けておきます。双葉ちゃんのお祝い、何がいいかな。万年筆というのも時代遅れだろうから、ちょっといいパソコンをプレゼントしましょうか」

「そうしたことはしないでくれないか。双葉のやつ、生意気にも八十万円近い印税を貰《もら》えるらしいんだ。それで、親しい連中を招待したいなんて言い出したんだよ。だから、手ぶらで遊びに来てほしいんだ」

「双葉ちゃんも、いよいよプロ作家の仲間入りか。まだ若いのに、たいしたもんだな」

「まだプロとは呼べないよ。筆一本で喰えるようになるのは、十年も二十年も先のことだろう。それまでは、アルバイトをつづける気らしい」

「それは立派な心がけだな」

反町は言った。

「いや、いや。双葉のことばかり話してしまったが、きみの仕事のほうはどうなんだい？」

「おかげさまで、順調です」

「それはよかった。もしかしたら、仕事中だった？」

「ええ、まあ」

「それは申し訳なかったね。それじゃ、来月、ゆっくり会おう」

滝が慌てて通話を切り上げた。

反町はスマートフォンをコンソールボックスの上に置いた。

その直後だった。『清進商事』本社の地下駐車場から、黒いジャガーFタイプが走り出てきた。助手席に腰かけているのは社長の児玉だった。力石が送信してくれた顔写真よりも、いくらか若く見える。

角張った顔で、唇が厚い。髪型は七三分けだった。背広の色は濃いグレイだ。一見、堅気《かたぎ》ふうだが、その面構《つらがま》えには凄みがあった。

ステアリングを握っているのは二十七、八歳の男だった。きちんと背広を着ているが、どことなく崩れた印象を与える。

地味な英国車に乗ってても、ヤー公はヤー公だ。

反町は左目を眇《すが》め、ボルボを走らせはじめた。

児玉を乗せた車は近くの昭和《しょうわ》通りに出て、そのまま直進している。反町は慎重に追尾《ついび》しつづけた。

ジャガーは白山《はくさん》通りを道なりに走り、やがて北区滝野川の住宅街に入った。

どうやら児玉は、愛人の佐竹恵理世《さたけえりよ》の家に行く気らしい。藤巻の情報によると、恵理世は二十四歳の元AV女優だという。

裏通りを何度か曲がり、ジャガーが停まった。

児玉だけが降りた。ジャガーは、ほどなく走り去った。

反町は数十メートル後方で車を道端に寄せ、ヘッドライトを消した。

そのとき、児玉が一戸建ての平屋に入っていった。反町はドア・ポケットに入れてあった特殊短杖を摑み出し、グローブボックスを開けた。

強力な高圧電流銃《スタンガン》とロッシーを取り出した。ベルトの下に拳銃、腰の後ろには高圧電流銃を挟む。

しかし、すぐには車を降りなかった。

反町は三十分ほど時間を遣《や》り過ごした。児玉が寛《くつろ》ぎはじめたころに、家に押し入る気だった。

反町は静かに車を降り、目的の家まで歩いた。木の門には、佐竹という表札が掲《かか》げてあった。小さな前庭があり、その奥に家屋が建っている。木造モルタル造りで、割に古い。

多分、借家だろう。

反町は防腐剤の塗られた引き戸を静かに開け、素早く敷地内に入った。

八つ手の葉の陰にうずくまり、玄関のガラス戸に目をやる。玄関灯は消されていた。人が出てくる様子はうかがえない。

反町は玄関に忍び寄った。

玄関戸は施錠されている。反町は姿勢を低くして、家屋の裏に回り込んだ。

建物の左角に浴室があった。電灯で明るい。通風孔から湯気が洩れ、男女の戯《たわむ》れる声が聞こえた。

児玉が風呂場で、若い愛人と痴戯に耽《ふけ》っているにちがいない。反町は台所に回り込んで、ごみ出し用のドアに近づいた。

ロックされていた。

ノブに両手を掛け、体重を傾ける。ノブは折れ曲がったが、内錠は外れなかった。

少々、荒っぽいことをするか。

反町は増田から奪ったブラジル製のリボルバーをベルトの下から引き抜き、銃把《グリップ》の角でドアを叩きはじめた。浴室と台所は、そう離れていない。児玉か恵理世のどちらかが、物音を聞きつけるだろう。

ややあって、室内で走る音がした。予想した通りだ。

反町はロッシーの撃鉄を起こし、モルタル壁にへばりついた。

「外に誰かいるのか？」

男の濁声《だみごえ》が響いた。児玉だろう。

「おい、返事をしろ！」

「………」

「世話を焼かせやがる」

男が舌打ちし、ドア・ノブを回した。

ドアが開けられた。反町は家の中に躍《おど》り込んだ。すぐ近くに、腰に青い浴用タオルを巻きつけた中年男が立っていた。やはり、児玉だった。

裏社会でドンブリと呼ばれる総身《そうみ》彫りの刺青《いれずみ》には、無数の湯滴がまといついていた。

「誰なんだ、てめえは？」

「お邪魔するぜ」

反町はドアを後ろ手に閉め、靴のまま台所の床に上がった。

「てめえ、神戸《こうべ》連合会の殺し屋《ヒットマン》だな」

「こっちはヤー公じゃない」

「泥棒《ノビシ》にゃ見えねえが……」

「風呂場に戻れ！」

「何が狙いなんだ？」

「言われた通りにしろ！」

「くそったれめ」

児玉が体の向きを変え、浴室に足を向けた。

反町は児玉の背に銃口を向けながら、用心深く進んだ。

浴室から、女のハミングが響いてくる。ヒップホップ系のナンバーだった。

反町は児玉を洗面台の前に立たせ、浴室のドアを勢いよく開けた。

洗い場にいる裸女が振り向いた。

ボディソープの泡に塗れ、首の下から爪先《つまさき》まで真っ白だった。頭の回転は悪そうだが、目鼻立ちは整っている。

「なんなの、あんた⁉」

「佐竹恵理世だな？」

反町は確かめた。

「そうだけど、これはどういうことなのっ」

「体の泡を洗い流して、そっちは湯船に入っててくれ」

「あんた、押し込み強盗なのね」

「黙って泡を落とすんだ。逆らうと、パパが怪我《けが》をすることになるぞ」

「わかったわよ」

恵理世が頰を膨らませ、シャワーの湯を体に注《そそ》ぎはじめた。たちまち泡が洗い落とされ、肉感的な裸身が露《あらわ》になった。

恵理世が立ち上がったとき、反町は声をあげそうになった。なんと飾り毛がまったくなかった。ルビー色の亀裂が生々しい。

「生まれつきの無毛症なのか？」

「ううん、パパに剃《そ》られちゃったの。うまく剃れない場所は毛抜きで一本ずつ抜かれたのよ。痛かったわ」

「浴槽に入っててくれ」

反町は顎をしゃくった。

恵理世が観念した顔で湯船に入り、立てた膝を両腕で抱え込んだ。反町は児玉をロッシーで威嚇《いかく》し、洗い場のタイルに正坐させた。

「『スターライト・コーポレーション』の鳥羽社長に何を頼まれた？」

「鳥羽さんは知ってるが、頼まれごとなんかされてねえよ」

児玉が言った。

反町は拳銃を左手に移し、上着の内ポケットから縮めた特殊短杖を抓《つま》み出した。柄《つか》を握るなり、タッチボタンを無造作に押す。勢いよく伸びた短杖の先が、児玉の鼻の下に当たった。児玉が引っくり返り、壁面タイルに後頭部をぶつけた。

「パパ、大丈夫？」

恵理世が湯の中で立ち上がり、児玉の上体を支え起こした。児玉の腰の浴用タオルが外れ、黒々とした男根《だんこん》が剝《む》き出しになった。

「正坐し直して、シンボルをプラスチック桶《おけ》で隠せ！」

反町は命じた。

児玉が鋭く睨《にら》み返してくる。反町は短杖で児玉の胸を突き、さらに前頭部を力まかせに打ち据《す》えた。すぐに頭から血が垂《た》れはじめた。

「てめえは、おれが関東侠仁会の理事だってことを知らねえらしいな。この礼は、たっぷりさせてもらうぜ」

「凄んでないで、ちゃんと坐れっ」

反町は声を張った。

児玉がしぶしぶ命令に従い、赤いプラスチック桶で股間を覆《おお》った。恵理世は、いつの間にか、湯船に肩まで浸かっていた。

「そっちは昔の兄貴分だった鳥羽に頼まれ、組の若い者を使って片瀬弁護士に脅しをかけたんだろっ。そこまでの話は増田がゲロしてる」

「鳥羽さんには何も頼まれちゃいねえよ。何度言ったら、わかるんでえ。しつこい野郎だな」

「そっちの肌絵を剃刀《かみそり》で削《そ》ぎ取ってやるか」

「やれるもんなら、やってみろ！」

児玉が開き直った。

反町は薄く笑って、特殊短杖を縮めた。それを懐《ふところ》に戻し、高圧電流銃《スタンガン》を腰の後ろから引き抜く。

「何なの、それは⁉」

恵理世の声は裏返っていた。

「強力な高圧電流銃だよ。痴漢退治のスタンガンと違って、十数秒で気絶する」

「パパをそれで気絶させて、刺青を剃刀で削ぐつもりなの？」

「まあな」

反町は答え、電極板を児玉に向けた。と、急に児玉が立ち上がった。どうやら反撃する気になったらしい。

反町は少しも慌てなかった。

電極板を児玉の鳩尾《みぞおち》に押し当て、スイッチボタンを押す。放電音が響き、青い火花が散った。児玉は白目を剝きながら、洗い場に沈み込むような感じで倒れた。

「児玉が息を吹き返すまで、そっちと遊びたくなった。湯船から出て、おれの前にひざまずくんだ」

「あたしにくわえろっていうの⁉」

「元AV女優の舌技がどんなものか好奇心に駆られたんだよ」

「冗談じゃないわ。あたしはパパの世話になってる女なのよ。そんなことをしたら、殺されちゃうわ」

「運が悪かったと、諦《あきら》めてくれ」

反町は電極板を湯の中に入れ、高圧電流銃のスイッチボタンを押した。

そのとたん、恵理世が悲鳴をあげた。全身に痺《しび》れが走ったにちがいない。恵理世は焦《あせ》って湯船から出て、素直に反町の前に両膝を落とした。

悪人《クズ》の女も、こっちのものだ。

反町は胸中で呟いた。恵理世がチノクロスパンツのファスナーを引き下げ、反町の分身を摑み出した。

「歯を立てたら、そっちも児玉と同じようになるぞ」

反町は、ピンクに染まった恵理世の肩口に電極板を宛《あ》てがった。恵理世が観念して、反町の性器を口に含む。

舌技は絶妙だった。舌はさまざまに形を変え、男の欲情をそそった。反町は急激に昂まった。

「しゃぶってるうちに、あたし、おかしな気分になってきちゃった」

恵理世がペニスに頬擦《ほおず》りしながら、自分の秘めやかな場所を指でまさぐりはじめた。すぐに彼女は、ふたたび反町の猛《たけ》った陰茎を呑み込んだ。

反町は拳銃を腰のベルトに差し挟んで、片腕で恵理世の頭を抱え込んだ。自らも腰を躍らせた。

数分後、恵理世が不意にエクスタシーに達した。彼女は自分のクリトリスを愛撫しながら、反町を含んだ状態で長く唸った。

そのとき、児玉が肘で上体を起こした。

「てめえら、何してやがるんだっ」

「見ての通りだ」

反町はダイナミックに腰を動かし、恵理世の頭を押し下げた。

放った乳白色の飛沫《ひまつ》は、児玉の角張った顔面を汚した。

「ぺっ！　汚《きたね》え」

児玉が浴槽の湯を両手で掬《すく》って、顔を洗った。恵理世は、その隙に鈴口《すずぐち》の雫《しずく》を舐め取った。それから少し物足りなさそうな顔で、反町の顔を見た。

反町は無言で、恵理世の首筋に電極板を押しつけた。恵理世の眼球が盛り上がった。反町は高圧電流銃《スタンガン》のスイッチボタンを押した。

恵理世が唸り声を発しながら、前屈みに倒れた。じきに気を失った。

反町は強力な高圧電流銃を左手に持ち替え、また右手にロッシーを握った。

「児玉、服を着ろ！」

「おれをどこに連れて行く気なんだ⁉」

「鳥羽の自宅までつき合ってもらう」

「てめえ、何を企《たくら》んでやがるんだよっ」

「いいから、早く立て」

「くそったれめが！」

児玉が身を起こした。反町は拳銃を構えたまま、数歩退《さ》がった。

胸が高鳴りはじめた。

男は鼻歌を歌いだした。車の中だった。

『目白パールレジデンス』のある通りの暗がりに、車を駐《と》めてあった。

そう長く待たないうちに、反町は玄関口で大怪我をするだろう。

奴が血の海の中で苦しんでいる姿を眺めながら、片瀬真帆を犯すか。

男はハミングをやめ、舌嘗《な》めずりした。

4

豪邸だった。

『スターライト・コーポレーション』の鳥羽社長の自宅は、世田谷区等々力《とどろき》四丁目にあった。東急大井町線《とうきゅうおおいまち》の尾山台《おやまだい》駅の近くだった。

敷地は優に三百坪はありそうだ。洋風の家屋も大きかった。

「インターフォンを鳴らせ！」

反町は、児玉の背にロッシーの銃口を突きつけた。

北区の滝野川から児玉にボルボを運転させてきたのだ。助手席に坐った反町はここに着くまで、児玉の脇腹に銃口をずっと押し当てていた。

児玉が門柱のインターフォンに手を伸ばした。

ややあって、若い女の声で応答があった。

児玉が名乗って、鳥羽との面会を求めた。門扉《もんぴ》のオートロックは待つほどもなく解かれた。

「いまの女は鳥羽の娘か？」

反町は小声で訊いた。

「いや、二度目の奥さんだよ」

「いくつなんだ？」

「ちょうど三十歳だったかな」

「名前は？」

「琴美《ことみ》さんだよ。独身時代は日舞を教えてたらしいぜ」

児玉がそう言いながら、浮き彫り《レリーフ》のあしらわれた青銅の門扉を先に潜《くぐ》った。

反町は後につづいた。ポーチまでのアプローチには石畳が敷かれていた。

児玉が玄関のノッカーを鳴らすと、和服姿の美しい女が現われた。瓜実顔《うりざねがお》だった。奥二重《おくぶたえ》の切れ長の目が色っぽい。

「琴美さん、ご主人は？」

「リスニングルームで演歌を聴いてるわ」

「そう」

「お連れの方は？」

「奥さん、逃げてくれないか」

児玉が急に大声を張り上げた。琴美が反射的に後ずさる。

「大声を出すな」

反町は琴美に銃口を向けた。琴美の顔面が引き攣《つ》る。

「リスニングルームはどこにある？」

「居間の向こう側です。あなたは、どなたなの？」

「こっちに興味を持たないほうがいい。旦那《だんな》のいる所に案内してほしいんだ」

「は、はい」

琴美が二度うなずいた。

反町は児玉の背を小突《こづ》いた。児玉が靴を脱いで、玄関ホールに上がった。反町は土足のままだった。琴美が案内に立った。広い居間には誰もいなかった。家具や調度品は高価そうだった。

「この家にいるのは、あんたたち夫婦だけなんだな？」

反町は確かめた。

「そうです」

「リスニングルームの出入口は一カ所だけか？」

「はい」

琴美が短く答え、居間を出た。

ドレスルームの隣にリスニングルームがあった。琴美が重厚な扉を開けると、坂本冬美《さかもとふゆみ》の演歌が大音量で響いてきた。

反町は、児玉と琴美をリスニングルームに押し入れた。

二十畳ほどのスペースだった。鳥羽は深々としたソファにゆったりと腰かけ、ブランデーグラスを傾けていた。大島紬《おおしまつむぎ》のアンサンブル姿だった。

琴美が夫に駆け寄った。

鳥羽が中腰になって、大きく振り返った。弾みで、ブランデーがグラスから飛び散った。

鳥羽が大声で何か言った。

しかし、オーディオの音に掻き消されて何も聞こえなかった。反町は身振りで琴美にオーディオを停めろと命じた。すぐに演歌が途切れた。

「おまえは『ビジネスナウ』とかいう経済誌の記者だったな」

鳥羽が完全に立ち上がった。

「記者に化けたのさ」

「なんだと⁉」

「あんたは昔の弟分だった児玉に命じて弁護士の片瀬真帆を脅迫し、『協和電気』の訴訟を取り下げさせせようとしたなっ」

反町は語気を荒《あら》らげた。

「どんな証拠があって、きさまはそんなでたらめを言うんだ」

「この部屋の防音装置は完璧なようだな」

「きさま、おれを撃《ハジ》く気なのか⁉」

「場合によっては、そういうことになるな」

「上等だ。撃《ハジ》いてみやがれ！」

鳥羽が喚《わめ》いた。

反町はロッシーの引き金《トリガー》を無造作に絞った。リスニングルームに重い銃声が轟く。放った弾は鳥羽の腰の横を抜け、大型スピーカーを砕《くだ》いた。

「て、てめえ！」

「声が震えはじめたな。次は肩か脚にぶち込むぞ」

「くそっ」

「片瀬法律事務所にライフル弾を撃ち込ませたな」

「なんの話をしてるんだっ」

「とぼける気か。なら、仕方がない」

反町は言って、琴美に顔を向けた。

「鋏《はさみ》を借りたいんだが、ここにあるか？」

「紙切り用のものならありますけど」

「持ってきてくれないか」

「何に使うんです？」

「言われた通りにしないと、旦那の肩の肉と骨が弾け飛ぶよ」

「夫を撃たないで。いま、鋏を持ってきますので」

琴美がＣＤラックに走り寄り、近くのペン立てから工作用の小さな鋏を持ってきた。

反町は鋏を受け取り、鳥羽の妻に言った。

「着物を脱いでくれ」

「えっ、なんで⁉」

「裸にならないと、旦那を撃つことになるぞ」

「やめてください。脱ぐわ、脱ぎます」

琴美が最初に白足袋《たび》を脱ぎ、次に正絹《しようけん》の帯止めをほどいた。

山吹色《やまぶきいろ》の帯を解き、若草色《わかくさいろ》の着物と長襦袢《じゅばん》を肩から落とす。湯文字《ゆもじ》（腰巻き）の下には、何もまとっていなかった。むっちりとした肢体で、肌が透けるように白い。そのためか、短冊《たんざく》形に繁った恥毛が妙に黒々と見えた。まるでオイルをまぶしたように光沢《こうたく》があった。

児玉が生唾《なまつば》を呑んだ。

「きさま、女房に何をする気なんだ⁉」

鳥羽が目を剝いた。

「さて、どうするか」

「琴美に手を出しやがったら、てめえをコンクリート詰めにして海に投げ込むぞ」

「静かにしてろ！」

反町は鳥羽を黙らせ、琴美を床に仰向けにならせた。

琴美は不安顔だったが、何も言わなかった。反町は児玉に顔を向けた。

「この鋏で、恵理世と同じにしてやれよ」

「そんなことはできねえ。鳥羽さんが男稼業張ってたとき、おれは兄弟分の盃《さかずき》を貰ってたんだ」

「できるようにしてやろう」

「な、何するんだよ⁉」

児玉が首だけを捩った。

反町は児玉の首の後ろにロッシーの銃口を当て、右耳の耳朶《みみたぶ》を鋏で縦《たて》に切り裂いた。

児玉が獣じみた声を放つ。傷口から血の雫が滴《したた》り、首筋とシャツのカラーがたちまち赤く染まった。

「くそっ」

「やらなきゃ、両方の外耳を鋏で断ち落とす」

「どうする？　おれは、どっちでもいいんだぜ」

「鳥羽さん、勘弁してください」

児玉は自分の血で汚れた鋏を反町の手から引ったくると、琴美の股の間にうずくまった。

「何をするつもりなの!?」

琴美が児玉に訊いた。

「下の毛を刈るだけです」

「いやよ、そんなこと」

「すぐに生えてきますよ。やらなきゃ、おれは耳を落とされるんだ」

児玉が膝頭《ひざがしら》で琴美の太腿を押さえつけ、飾り毛を抓《つま》み上げた。

「児玉、やめろ！」

鳥羽が喚《わめ》いた。そのとき、琴美が児玉を蹴りつけて俯《うつぶ》せになった。

児玉は琴美を仰向けにさせようとしたが、それは叶《かな》わなかった。琴美は床にへばりついて体を浮かせようとしない。

「下のヘアが無理なら、上の毛でもいい。丸坊主にしてやれ」

反町は言った。

児玉が琴美の背に跨《また》がり、アップに結い上げていた髪をほぐした。すぐに鋏を入れはじめる。長い髪が徐々に切り詰められていく。

琴美が泣きだした。

反町はさすがに気が咎《とが》め、途中でやめさせた。児玉が安堵《あんど》した顔で立ち上がった。

「安心するのは早いな」

反町は冷笑した。

「今度は何をやらせる気なんだ？」

「その鋏で、鳥羽のシンボルを根元から切断しろ！」

「そんなことはできねえ」

児玉が首を振った。

「なら、しゃぶってやれ」

「おれは女にしか興味がねえんだ。鳥羽さんだって、同じだよ」

「だから、拷問になるのさ。やるんだっ」

反町は児玉の足許に二弾目をぶち込んだ。

銃声の残響が尾を曳《ひ》き、リスニングルームに硝煙が拡散した。銃弾は床板を貫き、厚いコルクの中に埋まっていた。

児玉が血の気を失った顔で、鳥羽に近づいた。

「おい、来るな。児玉、正気か⁉」

鳥羽が逃げ回りはじめた。児玉が鬼気迫る表情で追う。鳥羽がソファに足を取られて、床に倒れた。

児玉がのしかかり、和服の裾を左右に押し割った。鳥羽が児玉の顔面を蹴りつけた。児玉が仰向けに引っくり返った。鳥羽が跳ね起き、児玉の手から鋏を捥《もぎ》取った。すぐに彼は、児玉の左耳を半分近く鋏で断ち切った。凄まじい悲鳴が走った。

児玉が左耳を押さえて、転げ回りはじめた。

「おれの負けだ」

鳥羽が血糊《ちのり》だらけの鋏を床に投げ捨てた。

反町は上着の内ポケットに手を入れ、ＩＣレコーダーの録音スイッチを入れた。

「片瀬弁護士を脅迫したことは認めるんだな？」

「ああ。あの女弁護士が『協和電気』に訴訟を取り下げるよう働きかけなかったんで、児玉に頼んで、ちょっと脅しをかけさせたんだ」

「児玉は組員の増田に片瀬真帆を付け回させ、脅迫電話をかけさせたんだなっ」

「そうだよ」

「片瀬法律事務所にライフル弾を撃ち込んだ男は何者なんだ？」

「関東俠仁会脇田組の組員だよ。石井《いしい》って男で、学生時代にクレー射撃をやってたんだ」

「その男は、そっちが雇《やと》ったのか？」

「そうだ。増田の脅迫だけじゃ、女弁護士がビビらないと思ったんだよ。しかし、殺させるつもりはなかったんだ」

「凌辱予告も、単なる脅しだったというのか？」

「凌辱予告!?　なんだい、それは？」

　鳥羽が真顔で問い返してきた。

「役者だな。増田って奴に、片瀬弁護士の裸身を血塗れにして犯してやるという意味の脅迫電話をかけさせたんだろうが！　彼女の自宅のシークレットナンバーは、どうやって探り出したんだ？　そっちの会社にはハッカーがいるんじゃないのかっ」

「ちょっと待ってくれ。おれは、凌辱予告なんかさせてない」

「体に訊いてみよう」

　反町はロッシーの銃口を鳥羽の胸に向けた。

「言い逃れじゃない。なんなら、児玉に確かめてもらってもいいよ」

「そうするか」

「児玉、おれは女弁護士に凌辱予告なんかさせてねえよな？」

鳥羽が大声で加勢を求めた。児玉は唸りながら、たてつづけに三度うなずいた。

「凌辱予告の件は信じてやろう。しかし、片瀬法律事務所のパソコンに侵入したことや彼女の自宅に盗聴器を仕掛けたことは認めるなっ」

「そんなこともやらせちゃいねえよ」

「嘘ついてるかどうかテストしてやろう」

反町は銃口を上に向け、引き金を一気に絞った。

銃弾は、鳥羽の頭の数センチ上を疾駆《しっく》していった。衝撃波が鳥羽の髪の毛を波打たせる。

「おれは、嘘なんか言っちゃいねえって」

「その言葉は信用できそうだな。それはそうと、『協和電気』に訴えられたことは、どうなんだっ」

「どうって？」

「デザインの盗用をしたから、原告に訴訟を取り下げさせたかったんだろう？」

「そうじゃない。裁判騒ぎで会社のイメージがダウンすることを恐れたからなんだよ。ただ、それだけだ」

　鳥羽が言いきった。

　反町はにやりとして、全裸の琴美を手招きした。鳥羽の若い妻は、もう泣いていなかった。

「女房をどうするんだ⁉　ひどい目に遭《あ》わせる気なのか？」

「その逆だよ」

　反町は鳥羽に言って、琴美の乳首を銃口で撫でた。

　そうしながら、指で秘部を弄《もてあそ》びはじめる。琴美がすぐに腰を引きかけたが、ほどなく拒《こば》む姿勢は崩れた。

　反町は高度なフィンガーテクニックで、たちまち琴美を喘《あえ》がせはじめた。

「あなた、黙って見てないで、なんとか言って」

　琴美が切なげに息を弾ませながら、夫に訴えた。

「おい、気をやるんじゃないっ」

「そんなこと言われたって、無理よ。こちら、すごいテクニシャンなんだもの。三カ所を同時にいじられたら……」

「琴美、おれの前でイッたら、即刻、離縁だぞ」

　鳥羽が妻に宣告した。

反町は一段と愛撫に熱を込めた。琴美の呼吸がさらに乱れる。その腰はリズミカルに揺れはじめていた。

「奥さんは一分以内にエクスタシーに達するだろう」

「汚《きたね》え手を使いやがって」

「デザインを盗んだんだろう？」

「くそっ、そうだよ。早く女房の股から手をどけろ！」

鳥羽が高く叫んだ。

「奥さんは、このまま絶頂まで駆け昇りたいようだな」

「そんなことはない。絶対に、そんなことはないっ。琴美は慎《つつし》み深い大和撫子《やまとなでしこ》なんだ」

「そうかな」

反町は潜らせた中指の腹でＧスポットを集中的に攻めた。

すると、琴美は呆気《あっけ》なく極みに到達した。憚《はばか》りのない声を撒き散らしながら、フラダンサーのように腰を振った。反町は指を引き抜いた。しとどに濡《ぬ》れている。指先から愛液が垂れそうだ。

「もう立ってられないわ」

琴美がＯ脚気味に開いた腿を震わせながら、床に崩れ込んだ。

「大変な大和撫子だな」

反町は汚れた指を琴美の頭髪になすりつけてから、内ポケットのＩＣレコーダーを停止させた。

ＩＣレコーダーを抓《つま》み出すと、鳥羽が歯嚙みした。

「会話を録音してやがったのか⁉」

「そういうことだ。片瀬弁護士に妙なことをしたら、この音声データを地裁に届けるぞ」

「わかったよ。女弁護士におかしなことはさせない。その代わり、その音声データを譲ってくれ」

「いいだろう、三千万でどうだ？」

反町は言った。

「いくら何でも高すぎる。一千万円に負けてくれ」

「ふざけるな。話はなかったことにしよう」

「ちくしょう！　琴美、小切手帳を持って来い！」

鳥羽が妻に命じた。

琴美は着物をまとうと、リスニングルームから出ていった。反町はソファに腰かけ、煙草に火を点けた。

鳥羽は立たせたままだった。耳から血を流している児玉は、床の上で呻いている。

一服し終えたころ、小切手帳と社長印を持った琴美が戻ってきた。鳥羽は三千万円の小切手を切った。反町は、すぐに引ったくった。

悪人《クズ》の金と女はいただく。

反町は胸底でうそぶき、鳥羽に銃口を向けた。

「もう一つ条件がある。おれの目の前で、妻とライブショーを演じてくれ。そうしたら、音声データは渡してやるよ」

「そんなことできるかっ」

「なら、裏取引はなしだな」

「悪どい野郎だ。女房を抱いたら、今度こそ音声データをくれるんだな？」

「ああ」

「よし、やってやる！」

鳥羽が妻を四つん這いに這わせ、和服の裾を大きく捲《まく》り上げた。

それから彼は分身をしごき、せっかちに後背位で琴美の中に分け入った。角帯はほどかれ、大島紬の前は大きくはだけていた。

琴美が迎え腰を使いはじめた。鳥羽の抽送《ちゅうそう》も速くなる。

反町は上着のポケットからスマートフォンを取り出し、夫婦の営みを動画撮影した。

それに気配で気づいた二人が、ほぼ同時に反町を見た。

「そのまま、そのまま。保険の動画だよ。おれは用心深い性格なんでね」

「音声データは渡してくれるんだろ?」

「何なんだい、音声データって?」

「てめえ、最初から嵌《は》めるつもりだったんだなっ」

「やっと気づいたか。とろい野郎だ」

「ぶっ殺してやる」

鳥羽が妻を押し飛ばし、勢いよく立ち上がった。

反町は鳥羽の太腿に銃弾を浴びせた。鳥羽が横倒しに転がった。弾は貫通していた。

琴美は両手で耳を塞《ふさ》ぎ、芋虫《いもむし》のように這い進んでいた。自分だけ逃げる気になったのだろう。

反町はソファから立ち上がった。

琴美のヒップを踏みつけ、リスニングルームを出た。児玉の姿はどこにも見当たらない。逃げたのだろう。

どうやら自分は、とんでもない回り道をしてしまったようだ。凌辱予告した影法師は、鳥羽とはなんの繋がりもない男にちがいない。

反町は鳥羽の自宅を走り出ると、大急ぎでボルボに乗り込んだ。

あと数分で、午前零時になる。

男はハンドブレーキを解除した。もう待ちくたびれてしまった。

長いことレクサスを路上に駐めていても、車の所有者が割れる心配はなかった。偽造ナンバープレートは何枚もあった。尾行や張り込みのたびに付け替えていた。

レクサスを発進させかけたとき、前方から見覚えのあるボルボが走ってきた。

待った甲斐《かい》があった。

男はシフトレバーをＰ《パーキング》レンジに戻した。

ボルボが『目白パールレジデンス』の地下駐車場に消えた。男は静かに車を降りた。

反町は先に玄関に入った。

電灯のスイッチに手を伸ばしたとき、ローションの匂いが気になった。影法師が室内に潜《ひそ》んでいるのか。

反町は真帆をそっと廊下に出し、玄関の三和土《たたき》で耳をそばだてた。

しばらく待ってみたが、人の動く気配は伝わってこない。反町はライターに火を点け、すぐに炎を手で囲った。正面の棚に仕掛けたカメラの位置が、ほんの少しだけずれていた。テグスの張り具合も、わずかに違う。留守中に影法師が忍び込んだにちがいない。

反町は確信を深め、玄関ホールやシューズボックスの周辺を見た。

危険物は仕掛けられていないようだ。何気なく頭上のペンダント照明を見上げると、白熱灯の代わりに奇妙な物が嵌め込まれていた。

反町はシューズボックスを踏み台にして、奇妙な物を外した。爆発物のようだが、タイマーの針音は聞こえない。電灯のスイッチを入れた瞬間に爆発する仕掛けになっているのだろう。

反町は三和土に降りた。

ちょうどそのとき、廊下で真帆が緊迫した声をあげた。

「反町さん、来て」

「どうした？」

反町は廊下に走り出た。

「いま、エレベーターが停まったんだけど、誰も降りなかったの」

「きみは、ここにいてくれ」

「なんだか怖いわ」

真帆が不安げに言った。

反町は真帆の手を取って、エレベーターホールに走った。片方のエレベーターは二階に停まっていた。もう一基のエレベーターは、三階から四階に上昇中だった。

「おそらく影法師が二階の非常階段から外に逃げたんだろう。玄関のペンダント照明に爆発物らしきものが仕掛けられてたんだ」

「影法師は、わたしの部屋に忍び込んだのね」

「ああ。しばらく絶対に安全な場所に身を隠したほうがよさそうだな」

「そんな所があるの?」

「探せば、きっとあるさ。とりあえず、もう部屋の中に危険な物が仕掛けられてないかチェックしてみるよ。きみは部屋の前で待っててくれ」

反町は真帆の肩を抱き、体を反転させた。

第四章　背後の魔手

1

果てる瞬間が訪れた。

快感が背中から脳天まで駆け上がる。男は長く唸《うな》った。頭の中は白濁していた。

二瓶友佳の目尻から涙が零《こぼ》れた。

三十三歳の大学准教授だ。友佳は数年前に新設された大学で産業社会学を教えている。容貌が美しいからか、テレビにもちょくちょくコメンテーターとして出演していた。

男はちょうど一時間前に目黒区碑文谷《ひもんや》五丁目にある友佳の自宅マンションに押し入った。１ＬＤＫの賃貸マンションだった。三階の角部屋である。

本来、友佳は片瀬真帆の次の獲物《えもの》だった。

しかし、今夜、真帆を辱《はずか》しめることはできなかった。玄関に仕掛けた室内用トラップを反町に見つけられてしまったからだ。

敗北感を引きずったまま、帰宅する気にはなれなかった。そこで、次に予定していた犯行を早めたのだ。

男は例によって、行為中に秘め事の写真を何カットか撮《と》った。むろん、動画も収めた。

友佳の体は乾いていた。そのせいか、内奥《ないおう》は狭く感じられた。

しかし、締めつけてはこない。男は、それが不満だった。なんとか友佳の官能を煽《あお》りたかった。男は恥骨で、友佳の陰核《クリトリス》を刺激しつづけた。

それでも、友佳の体はいっこうに潤《うる》まなかった。欲情が萎《しぼ》む。

「つまらない女だ」

男は舌打ちして、体を起こした。

友佳は両膝《ひざ》を立てる恰好でベッドに横たわっていた。踵《かかと》は尻に密着しそうで、結束バンドで固く縛られている。両手にはプラスチックの手錠を掛けられ、頭の上のヘッドボードに固定されていた。

口の中には、スカッシュボールを詰め込まれている。テニスボールよりも、ひと回り小さい。

友佳の裸身は傷だらけだった。男がカッターナイフやアイスピックで傷つけたからだ。

胸、下腹、内腿《うちもも》は、ほぼ鮮血に塗《まみ》れていた。シーツにも、赤い染《し》みが点々と散っている。

男はベッドを降り、使用済みの避妊具を始末した。

そのとき、ベッドマットが軋《きし》んだ。男はベッドに目をやった。友佳が、くぐもり声で何か言っている。

男は枕許に歩み寄り、スカッシュボールを取り出した。

「なんだ？」

「両手を自由にしてくれたら、もう一度、してもいいわ」

「濡《ぬ》れもしない女を二度も抱く気にはなれない」

「濃厚なキスをして、耳許《みみもと》で卑猥《ひわい》な言葉を囁《ささや》いてくれれば、恥ずかしいほど濡れるの」

友佳が流し目を送ってきた。

「大学の先生もスケベなんだな」

「ええ、そう。わたし、根はとっても好色なの。わたしのオーラルプレイは最高だって言ってくれた男性もいたわ」

「それじゃ、お手並を拝見するか。いや、お口並と言うべきかな」

男は友佳の両手の縛《いまし》めを解き、すぐに胸を重ねた。

友佳の血が付着した。少しも不快ではなかった。それどころか、興奮剤になった。

大学准教授が積極的に唇を求めてきた。舌を長く伸ばし、すぐに引っ込める。

男はフェイスマスクを鼻柱まで捲《めく》り、舌を友佳の口中に挿《さ》し入れた。

次の瞬間、舌の先に激痛を覚えた。友佳は男の舌を強く嚙んだまま、フェイスマスクに両手を伸ばしてきた。男は顔を左右に振った。友佳は諦《あきら》めなかった。男の顔面を爪で引っ搔《か》く。

思いがけない反撃だった。

男は、いくらか怯《ひる》んだ。その隙《すき》にフェイスマスクを剝《は》ぎ取られてしまった。不覚だった。

「その顔、忘れないわよ」

友佳が男の胸を突き上げ、憎々しげに言った。

男は狼狽《ろうばい》した。無意識に友佳の首に両手を掛けていた。

嚙まれた舌の先が痛い。その痛みが冷静さを奪った。男は両手に力を込めた。友佳の首を絞《し》めつづける。

数分経つと、友佳の抵抗が熄《や》んだ。

男は友佳の右手首を取った。脈動は伝わってこなかった。

殺してしまった……。

男は頭の中が真っ白になった。

友佳は気の強い女だった。脅迫に屈するとは思えなかった。顔を見られた以上、始末したほうが身のためだろう。首の絞め方が甘いと、息を吹き返すことがある。

男はベッドの下の方にあるカッターナイフを拾い上げ、友佳の頸動脈《けいどうみやく》を搔っ切った。血飛沫《ちしぶき》がシャワーのように上がった。剝がされたフェイスマスクを回収する。

男は持参したスポーツタオルで全身の血を拭《ぬぐ》い、手早く身繕《みづくろ》いをした。

獲物の結束ベルトをほどき、指紋シートを寝室のあちこちに押し当てる。友佳の右耳のピアスや右手の薬指のデザインリングにも、他人の指紋を押し当てた。

男は携帯用クリーナーで自分の頭髪や体毛を集め、そそくさと寝室を出た。帰りがけに、ドア・ノブにも指紋シートを押しつけた。

男は腕時計を見ながら、エレベーターホールに急いだ。午前四時六分過ぎだった。


身の置き所がなかった。

反町は和香奈と真帆に挟《はさ》まれる恰好で、カウンターのスツールに腰かけていた。下北沢のジャズクラブ『マザー』だ。

午前九時過ぎだった。三人はコーヒーを飲んでいた。むろん、営業前だ。

最初から、ここに転がり込む気はなかったのだが……。

反町は複雑な気持ちで、コーヒーカップを口に運んだ。

真帆の自宅マンションを点検し終えたとき、反町は都内のシティホテルに泊まるつもりでいた。しかし、真帆はそうすることを厭《いや》がった。

それで、やむなく和香奈の店のソファで仮眠を取らせてもらったわけだ。

「しばらくわたしのマンションに泊まりません？」

左隣にいる和香奈が身を乗り出して、真帆に語りかけた。

「それでは、右近さんにご迷惑をかけることになります」

「和室のほうは、ふだん使っていないの。だから、遠慮なさらないで。マンションのセキュリティは割にしっかりしています。影法師と名乗ってる男がわたしの部屋に侵入することは難しいと思うわ」

「ですけど……」

「反町さんには居間の長椅子で寝てもらいましょうよ。それなら、安心でしょ？」

「ありがたいお話ですけど、わたし、しばらく藤沢の実家からオフィスに通うことにします」

真帆が言った。すぐに反町は異を唱えた。

「それには賛成できないな。影法師は、もうご実家のことも調べ上げてるにちがいない。場合によっては、ご両親や弟さんも危険な目に遭《あ》うかもしれないんでね」

「ええ、それはありうるかもしれません」

「身の安全のことだけを考えるなら、セキュリティのしっかりした病院に入る手もあるんだが、まさかそうするわけにはいかないでしょ？」

「いいえ、わたしは平気です。そうした所に入れるなら、夜だけ避難しましょう。そのほうが、あなたも動きやすいと思うわ」

真帆がそう言い、反町の腕を軽く押さえた。

反町は少し焦《あせ》った。真帆の馴《な》れ馴れしさから、二人がすでに他人ではないことを和香奈は見抜いたのではないのか。

和香奈を盗み見たが、別段、表情に変化はなかった。

真帆を抱いたことは後悔していない。とはいえ、交際中の和香奈にそのことを知られるのは避けたかった。身勝手なことだが、それが望ましい。

軽い浮気ぐらいで和香奈はめくじらを立てないだろう。とはいえ、事実を知れば、やはり面白《おもしろ》くないはずだ。真帆にしても、和香奈といつまでも一緒にいたくないのではないか。

早く女たちを引き離さなければならない。

反町はマールボロをくわえた。火を点《つ》ける前に真帆が口を開いた。

「病院にコネがあるのなら、わたし、今夜からでもお世話になります」

「間接的なコネはあるんだが、重度のアルコール依存症か何かに成りすまさないと、入院は認めてくれないだろうな」

「わたし、その程度のお芝居はできると思います。中・高校時代は演劇部に入っていたの」

「片瀬さんの気持ちに抵抗がないんだったら、滝先生に病院を紹介してもらったら？」

和香奈が口を挟んだ。

反町はうなずき、スマートフォンを上着の内ポケットから取り出した。滝の自宅に電話をかける。

受話器を取ったのは娘の双葉だった。

「反町だよ。来月のパーティーには出席させてもらうからね」

「ありがとう」

「親父《おやじ》さん、どこかに出かけちゃった？」

「信行さんなら、まだ朝刊を読んでるわ。いま、替わります」

双葉の声が途切《とぎ》れ、ビートルズの『レット・イット・ビー』が流れてきた。彼女は自分の父親をいつも他人のように下の名で呼んでいた。

少し待つと、滝が電話口に出た。

反町は経緯《いきさつ》を話し、適当な病院を紹介してほしいと頼んだ。

「それなら、医大の後輩が院長をやってる八王子《はちおうじ》市の神経科病院を紹介してあげよう。数日前に院長に会ったんだが、入院病棟は十床ほど空《あ》いてるという話だったんだ。コネで今夜からでも入れるだろう」

「そうですか。ドクター、その院長に電話をしておいてもらえます？」

「いいよ。夕方六時に、その病院の玄関で落ち合わないか。院長に引き合わせるよ」

滝がそう言い、病院名と所在地を明かした。

反町はメモを執《と》って、電話を切った。と、和香奈が話しかけてきた。

「オーケーだったみたいね？」

「ああ。世話になったな」

「ううん、気にしないで。片瀬さん、病院の居心地《いごこち》が悪かったら、いつでもわたしのマンションに泊まりにいらして」

「ありがとう。あなたには、すっかりご迷惑をかけてしまいましたね。法律のことで何か困ったことがありましたら、そのときはわたしが力になります。もちろん、報酬はいただきません」

真帆が言って、和香奈に握手を求めた。和香奈が微笑し、真帆の手を握り返す。

この二人があんまり親しくなるのは、何かと都合が悪い。反町は真帆を促《うなが》して、先にスツールから腰を浮かせた。

ほどなく二人は和香奈の店を出た。

ボルボを西新宿に走らせる。ややあって、真帆が声を発した。

「影法師は盗聴器をなぜ回収したんでしょう？」

「こっちが室内用トラップで大怪我《けが》をすると踏んだからだろうな。あるいは、別の場所に仕掛け直したのか。昨夜《ゆうべ》は丹念にチェックできなかったんで、また検《しら》べてみるよ」

「犯人がわかるまで、わたしの部屋には近づかないで。また、爆発物を仕掛けられるかもしれないので」

「気をつけるよ」

「右近和香奈さんって、とっても素敵な女性ね。わたしより年下だけど、ずっと大人だわ」

「そうだろうか」

「わたしなんかじゃ、とても太刀打《たちう》ちできないわ」

「きみは充分に魅力的だよ」

「わたし、あなたのことはただのボディガードさんと思うことにします。彼女といろいろ話してみて、かなわないと感じたの」

「彼女には彼女の、きみにはきみの魅力がある」

「わたし、二股《ふたまた》を掛けられるのは好きじゃないの」

「別に二股を掛けてるわけじゃないよ。きみのことをもっと深く知れば、きっと……」

「そういう狡《ずる》い言い方も嫌いなんです」

「狡いと言われりゃ、確かに狡いな」

「肌を重ねたのは、弾《はず》みだったんだと思うわ。それはそれで、いっこうにかまわないんじゃないかしら？　どちらも大人なのだから」

「フラれてしまったか」

反町は苦笑し、カーラジオのスイッチを入れた。幾度か選局ボタンを押すと、ニュースが流れてきた。

「次のニュースです。テレビでもお馴染《なじ》みの聖和《せいわ》学院大学環境情報学部准教授の二瓶友佳さん、三十三歳が、目黒区碑文谷五丁目の自宅マンションで遺体で発見されました」

男性アナウンサーが間を取って、すぐに言い継《つ》いだ。

「警察の調べによると、今朝七時半ごろ、二瓶さん宅を訪れた教え子が寝室のベッドで死んでいる被害者を発見した模様です。全裸の二瓶さんの体には無数の刺し傷や切り傷があり、鋭利な刃物で頸動脈を切断されていました。また、首を両手で絞められたような痕《あと》もあったことから、殺害されたものと見られます。そのほか詳《くわ》しいことは、まだわかっていません」

アナウンサーが言葉を切って、放火事件のニュースを伝えはじめた。

反町はラジオの電源スイッチをオフにした。車は甲州《こうしゅう》街道に入っていた。

「猟奇《りょうき》殺人事件みたいね」

　真帆が言った。

「そうらしいな。欧米型の快楽殺人者が増えてきたんだろう」

「影法師も、その種の異常性欲者なのかもしれないわ。凌辱予告に、わざわざ肌を血塗れにして辱《はずか》しめてやるなんて言ってるんだから」

「そうだね」

「彩子の話だと、彼女のお姉さんもカッターナイフやアイスピックで肌を傷つけられたというの。二瓶友佳さんがどんな凶器で突かれたり切られたりしたのかはっきりしないけど、カッターナイフやアイスピックが使われたとしたら……」

「辺見沙織さんを犯した男と二瓶友佳さんを殺害した犯人が同一人ということも考えられるな。そいつが、きみに凌辱予告したともね」

　反町は真帆の言葉を引き取った。

「ええ。わたしは別にして、二人とも美しい才媛よね。そのことは、単なる偶然だったのかしら？」

「ちょっと気になる符合だな。しかし、犯行がそっくりというわけじゃない。辺見沙織さんを穢《けが》した奴は恥ずかしい写真や動画を種《ネタ》にして、強請《ゆすり》を働いてる」

「ええ、そうね。でも、タレント准教授の二瓶友佳さんはベッドで殺されてるわ。おそらく彼女はサディスティックに犯された後、すぐに殺されたのでしょう」

「そう思われるね。犯人は別々だと考えられるが、どうも釈然としない部分もある」

「仮に犯人が同じだとしたら、なぜ二瓶友佳さんだけ殺してしまったんでしょう？」

真帆が問いかけてきたとき、ちょうど信号が赤に変わった。

反町は車を停《と》めてから、早口で喋《しゃべ》った。

「おおかた二瓶友佳さんは激しく抵抗したんだろう。そうでなければ、隙を見て逃げ出そうとしたんじゃないのかな」

「二瓶友佳さんが犯人の自尊心を傷つけるような言葉を口走って、相手を逆上《ぎゃくじょう》させたとは考えられない？」

「それも考えられるね。『スターライト・コーポレーション』の鳥羽のような古いタイプの男は、いまも少なくないからな。そういう連中は、女性が自己主張しただけで苦々《にがにが》しく思ったりするんだろう」

「そのことは、わたしも体験で知っています。この国の女性が男性と同じ扱いを受けられるようになるのは、五十年も百年も先のことかもしれないわ」

真帆が欧米人めいた仕種《しぐさ》で肩を竦《すく》めた。

信号が青になった。反町は車を走らせはじめた。声を発しかけたとき、真帆が先に口を開いた。

「沙織さんを襲った男は黒ずくめだったらしいけど、二瓶友佳さんを殺した犯人はどんな服装だったんだろう?」

「組対四課にいる力石から、美人准教授殺害事件の情報を少し集めてみるよ」

反町はそう言い、左のウインカーを灯《とも》した。

依頼人のオフィスまで、あと数百メートルだった。

2

絶叫が鼓膜《こまく》を搏《う》った。

男は跳《は》ね起きた。大声を張り上げたのは、なんと自分だった。寝汗をかいていた。悪夢に魘《うな》されたようだ。

男は額《ひたい》の汗を手の甲で拭って、万年床に胡坐《あぐら》をかいた。自宅和室だった。

午後三時になろうとしていた。

男は二瓶友佳のマンションを出ると、わざと遠回りして帰宅した。風呂場で体の汚れを洗い落とし、すぐに夜具に潜《もぐ》り込んだ。そのまま、眠りつづけていたのである。

厭《いや》な夢を見たものだ。男は煙草に火を点けた。

実におぞましい夢だった。これまでに辱しめた二十八人の才女たちが手に手に鉈《なた》を持って、凄《すさ》まじい形相《ぎょうそう》で追いかけてきた。男は森の中を必死で逃げ回った。しかし、断崖《だんがい》に行く手を阻《はば》まれてしまった。絶壁の真下には、急流が逆巻《さかま》いていた。

男は土下座し、許しを乞《こ》うた。

だが、女たちはためらうことなく次々に鉈を振り下ろした。最初の一撃で、男は頭をかち割られた。

しかし、なぜだか痛みはまったく感じなかった。意識もはっきりしていた。ただ、ぬめる血糊《ちのり》の感触が不快だった。男は鉈を打ち込まれつづけた。その直後、急に女たちの姿が搔き消えた。

そんなとき、男は自分の両眼だけが血の池に浮いていることに気づいた。池の畔《ほとり》には、石塊《いしくれ》を握った女たちが並んでいた。

全員、一糸もまとっていなかった。誰もが血を流していた。揃って表情は険《けわ》しかった。

裸女たちは何か罵《ののし》りながら、尖《とが》った石をわれ先に投げつけてきた。そのシーンで、夢から醒《さ》めたのだ。

鉈が夢に出てきたのは、あのせいだろう。男は喫《す》いさしの煙草の火を消し、記憶の糸を手繰《たぐ》った。

中学一年生の秋だった。

ある日、下校すると、わが家の庭先で飼い犬のシェパードが近所の雑種犬と交わっていた。あいにく家には誰もいなかった。

男は、飼っていた牝犬《めすいぬ》の浅ましい姿を他人に見られたくなかった。飼い犬を叱《しか》りつけ、近くで足を踏み鳴らした。だが、黙殺されてしまった。

男は井戸水を汲《く》み上げ、交尾している二頭の犬にぶっかけた。

それでも、犬たちは結合を解かなかった。尻と尻を合わせる形だった。どちらも涎《よだれ》を垂《た》らしながら、うっとりとした目をしていた。男は腹立ち紛れに、牡《おす》の雑種犬の尻を思うさま蹴った。と、飼い犬のシェパードが男に吼《ほ》えたてた。

その瞳は、憎悪に暗く燃えていた。それだけではなかった。シェパードは本気で何度も牙《きば》を剥《む》いた。

男は、ひとりっ子だった。飼っている犬に愛情を注《そそ》ぎ込んできた。唯一の友でもあった。

裏切られたショックは大きかった。男は発作的に近くにあった鉈で飼い犬の頭を殴打《おうだ》してしまった。骨の潰《つぶ》れる音が聞こえた。シェパードは前肢《まえあし》を折り、顔を地べたに落とした。両耳から、真っ赤な血が流れていた。

飼い犬は息絶えるまで、恍惚《こうこつ》とした目をしていた。なまめかしい声も洩《も》らした。

その光景を目にしながら、男は自分でも驚くほど雄々《おお》しく勃起《ぼっき》していた。体の底が引き攣《つ》れたような感じだった。

男は雑種犬を追っ払うと、家屋の陰に回った。立ったまま、手で欲望をなだめた。放出した精液は鉢植《はちう》えの菊の葉を大きくたわませた。

それ以来、鮮血と交わりは切っても切れないものになった。

成人になると、男は人並に性体験を重ねた。しかし、ありきたりのセックスは酔いが浅かった。深い愉悦《ゆえつ》は一度も味わうことができなかった。

社会人になって間もなく、男は才色兼備の美人外交官の卵に惚《ほ》れた。真剣な恋愛だった。相手が望むなら、結婚したかった。

初めて美女と結ばれたとき、男は衝動的に愛《いと》しい相手の柔肌《やわはだ》を嚙み千切ってしまった。乳房の一部だった。白い肌を濡らす真紅の血は妖《あや》しかった。

鮮血を見て、男の欲情は一気に燃え上がった。仰天《ぎょうてん》している相手を組み敷き、荒々しく腰を躍《おど》らせた。がむしゃらに突きまくった。

そのことが原因で、二人の愛は破局を迎えた。別れ際に、女は男を変態と詰《なじ》った。けだものとも蔑《さげす》んだ。エリートと自負していた男は、プライドを著《いちじる》しく傷つけられた。ショックは大きかった。しばらく性的不能にも陥《おちい》った。

そんなことがあってから、男の心理は日々に屈折していった。そして、いつしか深窓育ちの令嬢や美貌に恵まれた才女をとことん穢《けが》したいという歪《いびつ》な執念に取り憑《つ》かれるようになったのである。

自分が二瓶友佳を殺すことになったのは反町譲司のせいだ。元ＳＰの反町が自分の邪魔をしなければ、友佳の悪巧《わるだく》みにあれほど腹を立てることはなかっただろう。あの番犬を懲《こ》らしめて、片瀬真帆をとことん辱しめてやる。

男は立ち上がって、和室を出た。

洗面所で顔を洗っていると、電話がかかってきた。男は大股で固定電話に歩み寄り、受話器を摑《つか》み上げた。しかし、応答はしなかった。男は相手の言葉を待った。

「わたしだ」

布施直秀《ふせなおひで》の声だった。かつての上司だ。いまは産業情報調査会社『ビジネス・コンサルティング』の代表取締役である。表向きはヘッドハンターを装《よそお》っているが、その素顔は企業秘密ハンターだった。

「なんでしょう？」

「寝ぼけたことを言わないでくれ。マークした二つの企業の不正や弱点をまだ押さえられないのか。いったい何をしてるんだっ」

「ハッキングには成功したんですが、どちらも弱点を巧みにカバーしてるようで……」

「きみは何か企《たくら》んでるんじゃないのか。え？」

「何かって？」

男は訊《き》き返した。

「最近、きみはよく外出してるな」

「尾行の影を感じてたが、やっぱり、気になった人影はあなたの配下の者だったんだな」

「見抜かれてたのか」

「レクサスのバンパーの下に装着されてたGPS端末は、どぶ川に捨てさせてもらいましたよ」

「そのことは、いいさ。それより、頼んだ仕事は以前のようにスピーディーにこなしてもらいたいね」

　布施が言った。

「それは、あなたの背後にいる方が望んでいることなんですか?」

「何を言い出すんだっ。わたしのバックに特定な人物などいない。わたしは、さまざまな民間企業の依頼をこなしてるだけだ」

「その割にはリッチですね。あなたは先月、セスナ四〇二-ビジネスライナーを買ってらっしゃる。しかも、お抱え操縦士と副操縦士を常時、調布《ちょうふ》飛行場事務所に待機させています。たいした羽振りじゃないですか」

「あの双発機はある財界人に頼まれて、名義を貸してあげただけだ。実際には、わたしの所有機じゃない」

「軽井沢《かるいざわ》の三笠《みかさ》地区にある屋内プール付きの豪壮な別荘も、どなたかに名義だけを貸してあげたわけですか」

男は皮肉たっぷりに言った。

「きみがよく出かけてたのは、わたしの身辺調査のためだったのか⁉」

「何か嗅《か》ぎ回られると、まずいことでもあるのかな」

「そんなものはないっ。きみのように猜疑心《さいぎしん》ばかり膨《ふく》らませていたら、人生が面白くないだろうが」

「敵はすぐ隣にいるものだと教えてくれたのは、あなたでしたよ」

「それは意味が違う。われわれは国家のために一緒に苦楽を共にしてきた仲間じゃないか」

「昔は確かにね。しかし、いまは少し事情が変わってきた。あなたの背後にいるのは国家じゃない。おそらく強欲《ごうよく》な民間人なんでしょう」

「見当違いも甚《はなは》だしい。わたしには後ろ楯《だて》なんかいないっ。あと五日以内に仕事を片づけられないなら、今回はキャンセルさせてもらうぞ。いいな！」

布施がそう息巻いて、乱暴に電話を切った。

「どうぞお好きなように」

男は薄い唇を歪《ゆが》め、受話器を耳から離した。

ダッシュボードの上でスマートフォンが鳴った。

中央《ちゆうおう》自動車道の八王子ＩＣ《インターチエンジ》を降りたときだった。反町は片腕を伸ばした。力石からの連絡だった。

「ご苦労さん！　司法解剖の結果は？」

「二瓶友佳の死因は、頸動脈切断による失血性ショックでした。犯人に両手で首を絞められて呼吸停止の仮死状態のとき、カッターナイフで頸動脈を掻っ切られたようです」

「凶器はカッターナイフだけじゃないんだろう？」

反町は訊《き》いた。

「突き創《きず》から、アイスピックも使われたことがはっきりしました」

「被害者《マルガイ》の体内から精液は？」

「それは検出されませんでしたが、膣内に微量のスキンのゼリー液が付着していました。したがって、レイプされたことは間違いないでしょう」

「遺留品《リユウ》は？」

「頭髪や体毛は採取されなかったようで、ＤＮＡの検出は難しいみたいですね。ですが、犯人のものと思われる指紋《モン》が現場のあちこちに付着していたそうです」

「で、その指紋《モン》は？」

「それがですね、またまた大沼準一の指紋《モン》だったんですよ。大沼は、きのうの午後一時過ぎから行方《ゆくえ》がわかりません」

「大沼が誰かに恨《うら》まれてる気配は?」

「周辺の人間を洗ってみたのですが、そういうことはなさそうですね。大沼は性的にはアブノーマルですが、気のいいところもあるらしいんですよ。だから、他人に恨まれるようなことはないと思います」

　力石が言った。

「ならば、やっぱり真犯人《ホンボシ》は大沼じゃないんだろう」

「ええ、多分ね。それから、本庁の大型コンピューターに侵入した者がいるかどうかということですが、それはわからないとのことでした」

「わからない?」

「ええ。専門的なことは知りませんが、高度なハッカーなら、なんの痕跡《こんせき》も残さずに前科《マエ》持ちの指紋カードを盗み出せるというんですよ」

「そうなのか。碑文谷署にも帳場が立ったんだろう?」

　反町は確かめた。帳場が立つというのは、警視庁や各道府県警本部が所轄署の要請に応じて捜査本部を設置することを意味する警察用語だ。

「ええ、昼過ぎに。捜査本部に回された捜査員の中に飲み友達がいますので、二瓶友佳の交友関係を探ってみます」

「力石、自分の職務に支障はないのか?」

「3Dプリンターによる拳銃密造の内偵捜査があるんですが、そのへんはうまくやりますよ」

「悪いな」

「どうってことありません。少しでも先輩のお役に立てれば……」

「昔のことで恩義を感じてくれてるようだが、こっちは貸しなど作ってないぞ」

「奥ゆかしいな」

「力石は生まれる時代を間違えたな。そんな古臭い考えは早く捨てないと、退官まで組対四課で反社の外道どもの掃除をさせられるぞ」

「そういう生き方も哀愁があって、悪くないんじゃないかな」

力石が、しみじみと言った。

「妻子持ちが甘っちょろいことを言いやがって」

「甘いですかね？」

「大甘だよ。しかし、力石のそういうとこがいいんだ。何かわかったら、また連絡してくれ」

反町は先に電話を切った。

スマートフォンを内ポケットに戻したとき、助手席で真帆が言った。

「安全な病室なら、安眠できそうだわ」

「できれば、同じ病室でおれも眠りたいね。しかし、早く影法師の正体を暴《あば》かなきゃな」

「ぜひ、そうして」

「きみに頼みがあるんだが、辺見沙織さんに会えるよう段取りをつけてもらえないだろうか。力石が彼女に会ってるんだが、聞き洩らしてるかもしれないんで」

「いいわよ。後で彩子に電話をして、お姉さんに打診してもらいます」

「よろしく」

反町はボルボを秋川《あきがわ》街道に走らせた。

秋川街道に入って間もなく、ふたたび力石から電話がかかってきた。

「大事なことを忘れていました。二瓶友佳の両手の爪の間に加害者のものと思われる血と表皮が付着してたそうです」

「友佳が犯人の顔を引っ掻いたんだろう」

「そうらしいんですよ。それで、血液型はAB型と判明したというんです」

「大沼準一の血液型は？」

反町は訊いた。

「AB型です。それから友佳の爪の間から採取した表皮には、養生堂《ようじょうどう》のアフターシェービング・ローションが付着してたという話でした」

「ローションか」

「先輩、何か思い当たることでも?」

「いや、そういうことじゃないんだ。アフターシェービング・ローションのことは、大きな手がかりになりそうだな」

「そうですか。とりあえず、追加報告でした」

力石の声が沈黙した。

真帆の部屋でもアフターシェービング・ローションの残り香を嗅いだことがある。二瓶友佳は影法師に殺された疑いもある。反町はそう思いつつ、スピードを上げた。

少し走ると、高尾《たかお》街道にぶつかった。その街道を突っ切り、数キロ先を左折する。

滝信行の医大の後輩が院長を務《つと》める神経科病院は、小高い丘の上にあった。

ホテルのような洒落《しゃれ》た建物だった。七階建てだ。

反町は病院の広い駐車場にボルボを駐《と》め、真帆と玄関ロビーに入った。約束の時間の五分前だった。ロビーで滝が待っていた。グレイのスーツ姿だった。

「待たせてしまって申し訳ない。こちらが弁護士の片瀬さんです」

反町は滝に真帆を紹介した。滝が名乗って、折り目正しく腰を折る。

「このたびはご迷惑をかけてしまって、ごめんなさい」

「気になさらないでください。院長室は五階なんですよ」

「わたし、どんな患者さんということになるのでしょう?」

真帆が訊いた。

「そのあたりのことは、院長の小金丸《こがねまる》君と相談してみてください」

「小金丸さんとおっしゃるんですか。珍しい名字《みょうじ》ですね」

「八王子市や山梨《やまなし》県には割に多い姓だそうです。それでは、行きましょうか」

滝が言って、エレベーターホールに足を向けた。

反町は洗面具や衣類の詰まった真帆のトラベルバッグを左手に持ち替え、美しい依頼人の背を軽く押した。

3

女性病棟保護室は清潔だった。

八畳ほどのスペースで、トイレも付いていた。ベッドのスプリングを確かめながら、真帆が誰にともなく言った。

「ビジネスホテルのシングルルームよりも豪華だわ」

「かつては留置場のような保護室を使う神経科病院が多かったんですよ。しかし、わたしは凶暴性のない患者さんには健常者と同じような生活をしてもらっています。それだから、こういう造りにしたわけです」

白衣をまとった小金丸恒久《つねひさ》院長が、いくらか誇らしげに言った。
四十四、五歳で、小太りだった。垂れ目で、人が好《よ》さそうな面相だ。
「あら、ライティング・デスクもあるんですね」

「ええ。本当は窓に鉄格子なんか嵌《は》めたくなかったのですが、重度の患者さんの中には大暴れして脱《ぬ》け出そうとする人もいますので」

「ほかの患者さんと同じ日課をこなしたほうがいいのでしょうか？」

「その必要はないんじゃないかな。女性保護室には、ほかに誰も収容されていないそうだから。看護師さんたちには小金丸院長が事情を話すそうだよ」

反町は会話に割り込んだ。かたわらに立った滝が無言でうなずく。

「反町さんのおっしゃる通りです。あなたは、ご自分のオフィスにいるときと同じようにされてかまわないんですよ」

院長が真帆に言った。

「スマホを使ってもいいんですね？」

「もちろんです。ただし、午後十時には消灯になります。それから、ドアの外側の鉄扉《てっぴ》もロックされます」

「保護室の錠は、当直の看護師さんが詰所《つめしょ》に保管されるのですね？」

「ええ、そうです。当直は複数人ですし、この病棟の出入口は鉄の扉になっていますので、外部の者が保護室に侵入することは不可能です。それに、もう一つ特別な仕掛けがあるんですよ。ロックを外したとたん、サイレンが鳴って自動的にふたたび別の施錠がされます」

「それなら、何も不安はありませんね」

「ここで静養されるおつもりでお過ごしください」

「はい、そうさせてもらいます。よろしくお願いします」

真帆が深々と頭を下げた。

「先輩、わたし、これから回診があるんですよ。また、後で！」

院長が滝に言い、保護室から出ていった。

真帆がトラベルバッグから洗面道具などを取り出し、所定の場所に置きはじめた。反町は滝とともに保護室を出て、一階にある休憩所に入った。

二人は隅《すみ》の席で向かい合った。

「ドクターに会ったついでに、ちょっと教えてもらうかな」

「女心は、精神科医にもよくわからないよ」

滝が言った。

「女の肌を刃物で傷つけなければ、性的に昂《たか》まらないという男は精神医学の面から見て、どうなんです？」

「精神障害者とは言いきれないが、精神病質者《サイコパス》の可能性はあるね」

「その精神病質者《サイコパス》は、正常者と異常者の中間に位置してるという話をどこかで聞いたことがあるんですが……」

反町は脚《あし》を組んだ。

「乱暴な言い方をすれば、そういうことになるね。精神医学界では、精神病質者《サイコパス》のことを〝精神に異常性を有しているが、精神病患者ではない。最も不安定な精神状態であっても、善悪の区別など正常性はあり、行動能力もある〟と定義されてるんだ」

「なんだか日本の法律文みたいで、わかりにくい言い回しだな。要するに、異常人格者だが、精神障害者じゃないってことなんでしょう？」

「そういうことだね」

滝が言った。

「精神病質者《サイコパス》に共通する性格があるのかな？」

「あるんだよ。極端に自己中心的で、他者の気持ちを思い遣《や》ることがないんだ。情緒にも乏《とぼ》しく、感動したりすることもめったにない。それから善悪の判断はつくんだが、良心の呵責《かしゃく》は覚えないんだよ」

「つまり、てめえの行動にブレーキがかけられない人間なんですね？」

「そうなんだ」

「こっちも、どっちかというと、それに近いタイプだな」

　反町は頭を掻いた。

「きみは少しアナーキーだが、精神医学的にはまともだよ。精神病質者《サイコパス》たちはひと欠片《かけら》の罪悪感も後悔の念もなく、社会のルールを乱してしまうんだ。だから、彼らの多くが犯罪者に……」

「なるほど」

「アメリカの最新の統計によると、服役中の囚人の約八割が精神病質者《サイコパス》なんだ。それから、犯罪者の予備軍とも言える精神病質者《サイコパス》が一般社会の中に十数万人もいるというんだよ」

「そういう精神病質者《サイコパス》たちの知力は平均よりも劣ってるんですか？」

「いや、ＩＱなんかは一般人と少しも変わらないんだ。インテリの中にも精神病質者《サイコパス》は少なくないんだよ」

「彼らはストレス社会が産み出したんでしょうか。それとも、生物学的というか、遺伝的な要因があるのかな」

「昔から諸説あるんだが、原因は解明されていないし、効果的な対症療法もないんだ」

「ドクターは、どんなふうに考えてるんです？」

　反町は訊いた。

「わたし個人は、異常な家庭環境や幼年期や少年期の心的外傷《トラウマ》が何らかの影響を及ぼしているのではないかと考えてる」

「その説は臨床経験や調査に裏付けられてるんですか?」

「残念ながら、そういった根拠はないんだよ。しかし、まったく影響がないとは思えないんだ。とはいっても、われわれの分野はわからないことだらけなんだよ。それだから、軽々しい発言は避けなければならないんだがね」

滝が口を閉じた。

そのとき、反町の懐でスマートフォンが鳴った。滝に断って、休憩所の前の通路に出た。

「おれっす」

発信者は藤巻だった。

「よう! 藤巻ちゃんにおれのピンチヒッターをやってもらわなくてもよくなったよ」

「どういうことなんす?」

「片瀬さんを八王子の神経科病院に入れたんだ」

反町はそう前置きして、経緯を話した。

「そういうことだったのか」

「というわけで、藤巻ちゃんのバイトは打ち切りってことにさせてほしいんだ」

「いいっすよ。おれも少し忙しくなりましたので」

「本業の依頼があったのか!?」

「ええ。それがどうも反町さんと似たような調査を頼まれちゃいましてね。依頼人は二十九歳の美人歯科医なんですが、その彼女、ひと月前に自宅マンションに忍び込んできた男に麻酔ダーツ弾を撃たれて、サディスティックな犯され方をしたというんですよ」

「なんだって!?　その美人歯科医もカッターナイフやアイスピックで肌を傷つけられたのか？」

「そうらしいんす。それで恥ずかしい写真や動画を撮られて、千五百万円も脅《おど》し取られたというんすよ。お金を指定された私書箱に小包で送ったらしいんだけど、結局、画像データは貰《もら》えなかったそうっす」

「その彼女は事前に凌辱予告をされてたのか？」

「ええ。それが、片瀬弁護士の場合の予告内容とまったく同じなんですよ。それで何となく気になって、反町さんの耳に入れといたほうがいいと思ったんす」

　藤巻が言った。

「歯科医を襲ったのは影法師かもしれないな。彼女、犯人の人相や着衣についてはどう言ってた？」

「黒ずくめで、黒のフェイスマスクを被《かぶ》ってたそうです。体つきや声から察して、三十代の後半だろうって。それから、細身だったそうっす」

「その男はアフターシェービング・ローションの匂いをさせてなかったか？」

「それは話に出てこなかったっすね。次に会うときにでも訊いてみましょう」

「ああ、頼む。依頼人は犯人の正体がわかったら、どうする気なんだい？」

「千五百万円を取り戻して、一千万円の示談金を取ってくれって言うんすよ。そういう荒っぽい仕事は苦手《にがて》なんっすけど、成功報酬は示談金の三割だって言うから、引き受けたわけっす」

「藤巻ちゃんには、ちょっと荷が重すぎるな。ノーギャラでいいから、おれに手伝わせろよ。その女性歯科医から、いろいろ探り出したいことがあるんだ。一度、会わせてくれないか」

「いいっすよ。今夜九時に、依頼人の自宅に行くことになってるんす。八時半ごろまでに、おれのマンションに来てもらえます？」

「わかった。それじゃ、そういうことで！」

反町は休憩所に戻り、滝に急用ができたことを告げて、その場で別れた。

二階の女性病棟保護室に急ぐ。真帆はベッドに浅く腰かけ、スマートフォンを耳に当てていた。藤沢の実家に電話をかけているようだった。

真帆は、ほどなく通話を終わらせた。

「彩子はロケ中だとかで、連絡がつかなかったの。沙織さんに直接、電話をしてみたんだけど、スマホの電源をオフにしてるようなんです」

「辺見沙織さんに会う前に、やることができたんだ。影法師に襲われたという女の歯医者がいるらしいんだよ」

反町は藤巻から聞いた話を明かし、間もなく保護室から飛び出した。


男は手鏡を覗《のぞ》いた。

こめかみと頬骨の引っ搔き傷が生々《なまなま》しい。

タレント准教授に爪を当てられた箇所だった。男は化膿《かのう》止めの軟膏《なんこう》を塗りつけて、ティッシュペーパーで指先を拭いた。

自宅の居間だ。

午後七時を数分回っていた。男は遠隔操作器《リモート・コントローラー》を使って、テレビの電源スイッチを入れた。

チャンネルをNHK総合テレビに合わせる。

国際関係のニュースの後、国内の事件や事故が報じられた。だが、二瓶友佳に関するニュースには変化がなく、昼間から流されているものと同じだった。

自分が疑われることはないだろう。しかし、大沼準一の偽造指紋を使うのは、そろそろやめたほうがよさそうだ。新しいシートを作るか。

男はテレビの電源を切り、パソコンの並ぶ部屋に入った。

スチール・キャビネットから、前科歴のある男たちの指紋カードを取り出す。

いずれも同世代で、血液型はAB型だった。警視庁の大型コンピューターに侵入し、十数人の指紋カードを盗み出したのである。

男は国家の仕事をしていたときにパスポート、各種の免許証、身分証明書を偽造する技術も習得していた。弁護士や議員などのバッジも偽造できる。

モネル合金板やラテックスを使って偽造指紋シートを作ることは、いたって簡単だ。その気になれば、いつでも小型火炎放射器、消音式手榴弾《しゆりゆうだん》、細菌接種器、湾曲《わんきよく》銃身銃、手製原子爆弾なども製造できる。

男は指紋カードの中から一枚抜き取った。

大沼準一と同じように性犯罪の前科がある元高校教師だった。その男は二人の女子大生を同時に襲い、交互に犯した後、彼女たちの乳房や尻に束《たば》ねたミシン針で淫らな刺青《いれずみ》を彫った変質者だ。

さらに片方の女性は西洋剃刀《かみそり》で、二枚の小陰唇を削《そ》ぎ落とされた。もうひとりの女性は膣にワインの罎《びん》を突っ込まれ、子宮を突き破られてしまった。

元教師が出所したのは三年前か。そろそろ悪さをしたくなるころではないか。罪を被せるには、もってこいの人物だと思える。

男はほくそ笑《え》み、キャビネットの最下段の引き出しからモネル合金板、画像プリンター、カメラ、ゴムの樹液などを取り出した。

4

シャム猫のような瞳だった。

色素は淡いが、強い光を放っている。

反町は、歯科医の松永千秋《まつながちあき》の体の線を目でなぞった。

小柄だが、肉感的な肢体だった。ミニスカートから覗く腿《もも》は、むっちりとしていた。

港区高輪《たかなわ》にある千秋の自宅マンションの居間だ。

反町は藤巻と並んで腰かけていた。千秋には藤巻の探偵仲間と偽り、凌辱予告犯捜しをしていると話してあった。

「思い出したくないでしょうが、事件のことを話していただけますか?」

「は、はい。性犯罪者を野放しにしておくのは、よくありませんので」

「藤巻君の話によると、凌辱予告があったそうですね?」

「そうなんですよ。ちょうど一カ月前の真夜中にここに電話をしてきて、『おまえの白い肌を血塗れにして、とことん辱しめてやる』と薄気味悪い声で告げました」

「その前に尾行されたりしたことは？」

「それはありませんでした。ただ、その数日前にパソコンの画像が乱れたことがありましたね」

千秋がそう言って、細巻きのアメリカ煙草をくわえた。鳴らしたライターは、デュポンの赤漆《うるし》塗りだった。安くはないライターだ。

「襲われたのは、予告があってから何日目だったんです？」

「翌々日の深夜でした。パソコンに向かってるときに何気なく横を向いたら、すぐそばに黒ずくめの男が立ってたの」

「黒いフェイスマスクを被ってたらしいね？」

「ええ、そうです。わたしが驚いて立ち上がったとき、麻酔ダーツ弾が放たれたんですよ」

「意識を取り戻されたのは、寝室のベッドだったのかな？」

「そうなんです。何か鋭い痛みを感じて、われに返ったんですよ。わたしは素っ裸にされて、胸や下腹をカッターナイフとアイスピックで傷つけられていました」

「縛られてたの？」

反町は訊いた。

「後ろ手にプラスチックの手錠を掛けられていました。口の中にスカッシュボールを突っ込まれていたので、声も出せませんでした」

「男は行為中に恥ずかしい写真や動画を撮ったんでしょ？」

「ええ、そうです。そのときの写真や動画がスマホに送られてきて、千五百万円を脅し取られてしまったわけです。画像データは、ついに届きませんでした」

「そうらしいね」

「わたし、よっぽど警察に駆け込もうかと思いました。だけど、婚約中の彼にレイプされたことを知られてしまうんじゃないかという怯《おび》えがあったので、泣き寝入りすることに。ですけど、とても腹立たしくて、国際探偵社さんに電話したわけなんですよ」

千秋が下唇を噛み、短くなった煙草の火をクリスタルの灰皿の中で揉《も》み消した。

ややあって、藤巻が口を開いた。

「脅し取られた千五百万と示談金の一千万円は必ず回収しますよ。反町さんは、元警視庁のSPだったんです。だから、近いうちに犯人を洗い出せると思うな」

「示談金というか、慰謝料《いしゃりょう》というか、一千万円のほうはどうでもいいんですよ。千五百万を取り返して画像データを押さえていただければ。その代わり、犯人がわかったら、ここに必ず連れてきてください」

「何をするつもりなんです？」

「あの男のシンボルを硫酸《りゅうさん》か何かで焼いて、二度と役に立たないようにしてやります」

千秋が真顔《まがお》で言い、猫のような目を細めた。

藤巻が返答に窮《きゅう》し、曖昧《あいまい》に笑った。反町はブランデー入りの紅茶をひと口飲んでから、千秋に問いかけた。

「男は帰るとき、あなたに二発目のダーツ弾を撃ち込みました？」

「はい。で、わたしが意識を失っている間に逃げたんです」

「犯人は寝室に何か落としていきませんでしたか？」

「別に何も」

「そうですか。男の声に何か特徴は？」

「少し低かったようですけど、ほとんど喋りませんでしたので……」

「言葉に訛《なまり》は？」

「なかったですね」

千秋が短く答えた。

「体つきはどうでした？」

「細身だったけど、筋肉は発達していましたね。肌は浅黒かったわ」

「体臭は？」

「特に強くはなかったけど、何かローションの匂いがしました」

「この匂いじゃなかった？」

反町は上着のポケットから、養生堂のアフターシェービング・ローションの壜を摑み出した。藤巻のマンションの近くで買い求めたエメラルド色のローション液だった。

千秋が壜を受け取り、キャップを外した。軽く目を閉じ、小鼻をひくつかせる。

「どうです？」

「あっ、この匂いだったわ」

「やっぱり、そうか。凌辱予告を受けたわたしの依頼人の自宅に侵入した者が同じアフターシェービング・ローションをつけてたんですよ」

「それじゃ、わたしを辱《はずかし》めた男があなたの依頼人を狙ってるんですね？」

「断定はできませんが、その疑いは拭えませんね。とにかく脅迫の仕方まで、そっくりですんで」

反町はそう答え、マールボロをくわえた。

「そう言えば、あの男はレイプ常習犯なのかもしれません。女医は二人目だなんて、小声でうそぶいてましたから。そのあとに、わたしの恥毛を引き抜いて、色や縮れ方が微妙に違うもんだと言ってました」

「連続暴行魔と考えてもいいだろうね」

「それなら、なおさら赦《ゆる》せないわ。わたし、あいつのペニスをメスで根元から切断してやります」

千秋が憤然と言った。真顔だった。本気なのだろう。

反町は藤巻と顔を見合わせた。藤巻は、いくらか怯えたような目をしていた。

それから間もなく、反町たちは辞去した。

九時四十分過ぎだった。マンションの前の路上で、藤巻が言葉を発した。

「今後のこともあるから、どこかで軽く飲みませんか？」

「そうするか。その前に、ちょっと真帆に電話をしておきたいんだ」

反町はボルボの横に立ち、スマートフォンを使いはじめた。

二度目のコールサインの途中で、真帆が電話口に出た。

「変わりはないね？」

「ええ、大丈夫よ。思っていたよりも、快適だわ」

「それはよかった。もうじき消灯時間だね」

「ええ。今夜は、ぐっすり眠れそうだわ。反町さんは、赤坂のホテルに泊まるんでしょ？」

「そのつもりだよ。明日、そっちに行くが、何か必要な書類があったら、オフィスに寄ってもいいが……」

「いまのところ、その必要はないわ」

「それじゃ、お寝《やす》み！」

反町は通話終了ボタンをタップした。

「新橋にいい炉端《ろばた》焼きの店があるんですよ。そこで、どうです？」

「いいよ」

「じゃあ、先導します」

藤巻が自分のランドクルーザーに走り寄った。反町はボルボに乗り込み、イグニッションキーを捻《ひね》った。

案内された店は、ＪＲ新橋駅の近くにあった。

居酒屋に毛の生《は》えた程度の店だった。しかし、酒も肴《さかな》もまずくはなかった。

反町はそこで午後十一時ごろまで飲み、赤坂の塒《ねぐら》に戻った。

地下駐車場のスロープに入ろうとしたとき、車の前に三つの人影が湧《わ》いた。ひと目で暴力団員とわかる風体《ふうてい》だった。関東俠仁会の者が仕返しに来たのだろうか。

反町はパワーウインドーのシールドを下げた。

「何か用か？」

「鳥羽社長の小切手を返してもらいてえんだよ」

リーダー格の男が走り寄ってきて、サイレンサーを装着したグロック19を突きつけてきた。オーストリア製の拳銃だ。

「小切手？　なんの話をしてるんだ？」

「とぼけやがって。助手席のドア・ロックを外しな」

「人違いなんじゃないのか」

反町はそう言いながらも、命令に従った。

三人をどこかで痛めつける気になったのだ。助手席に二十七、八歳の剃髪頭《スキンヘッド》の男が乗り込んできた。男は坐《すわ》るなり、匕首《あいくち》の切っ先を反町の脇腹に突きつけた。刃渡りは二十数センチだった。

グロック19を持った男が反町の真後ろに腰かける。その横には、長身の痩《や》せた二十三、四歳に見える男が坐った。

「豊洲埠頭《とよすふとう》まで走らせろ」

リーダーらしき男が、消音器の先端を反町の後頭部に当てた。

反町はボルボを走らせはじめた。永田町《ながたちょう》の裏通りを抜け、日比谷から晴海通りに出た。

車を停めさせられたのは豊洲埠頭の外れだった。

「外に出な」

拳銃を握った男が小声で言い、顎《あご》をしゃくった。

反町は腰に特殊短杖を挟んであった。素直に車を降りる。海からの風が強かった。埠頭に人影はない。

三人の男が反町を取り囲んだ。

「小切手のことを思い出すまで痛めつけてやんな」
三十二、三歳と思われるリーダー格の男が、二人の配下に言った。
痩せた男が腰の後ろから、奇妙な棍棒《ブラジョン》を取り出した。鎖付きで、その先端には鉄球が垂れている。トマト大だった。尖《とが》った突起があり、金平糖《コンペイトー》を連想させる。

男は毬《いが》のある鉄球を頭上で旋回させはじめた。

反町の左手にいた。三メートルは離れている。右手に見えるスキンヘッドの男は匕首を構えていた。

グロック19を持った男は、斜め後ろにいた。銃身を下げている。無防備そのものだ。

「鼻をぶっ潰してやらあ」

痩せた男が鉄球を振り回しながら、大股で近づいてくる。

反町は前に跳《と》ぶと見せかけ、体を反転させた。同時に、特殊短杖のワンタッチボタンを押す。六角形の銀色の金属が伸びきった。

先端部分は空洞ではなかった。硬質な特殊鋼の無垢《むく》だ。バランスを取るため、握りの底には鉛の塊《かたまり》が入っている。

「て、てめえ」

リーダー格の男が銃身を上げた。

反町は跳んだ。特殊短杖の先で相手の喉笛《のどぶえ》を突き、右腕をぶっ叩く。男の手から、グロック19が落ちた。相手は焦って、拳銃を拾う素振りを見せた。反町は男の脳天を特殊短杖で強打した。

男の腰が砕けた。よろけながら、尻から落ちる。反町は男の顔面を蹴りつけた。骨と肉が鈍《にぶ》く鳴った。男は後転した。

反町は拳銃を摑み上げ、トリガーガードの横にあるマガジンキャッチを押した。銃把《グリップ》から、弾倉《マガジン》を抜く。残弾は八発だった。

反町は弾倉をグリップに収め、スライドを引いた。初弾が薬室《チャンバー》に送られる。

「この野郎！」

頭を剃《そ》り上げた男が怒号《どごう》を放ち、匕首ごと突っ込んできた。

反町はグロック19の引き金を絞った。狙ったのは相手の太腿だった。的《まと》は外さなかった。スキンヘッドの男が呻いて、横に転がった。匕首が宙を泳ぎ、コンクリートの上で撥《は》ねた。

「撃《ハジ》きやがったな」

痩せた男が喚《わめ》いた。だが、仕掛けてくる気配はうかがえない。明らかに怯《ひる》んでいた。

「おまえらと遊んでる時間はないんだよ」

反町は痩せた男の左の膝頭《ひざがしら》を撃ち砕き、リーダー格の男に銃口を向けた。

「撃たねえでくれ。鳥羽さんに頼まれて、おれたちは仕方なくやったんだ」

「脇田組か？」

「そうだよ。頼むから、小切手を返してくれねえか」

男が哀願した。

「鳥羽に言っとけ。妙な考えを起こしたら、『スターライト・コーポレーション』をぶっ潰してやるってな」

「………」

「返事が聞こえないな」

「つ、伝えるよ。だから、撃《ハジ》かねえでくれーっ」

「おまえだけ無傷じゃ、舎弟《しやてい》が従《つ》いてこなくなるだろう」

反町は鋭い目を片方だけ眇《すが》め、引き金を一気に絞った。

空気の洩れるような発射音がした。銃口炎《マズル・フラッシュ》は、サイレンサーから少し噴《ふ》いただけだった。

男が下腹部を押さえて、前屈《かが》みに倒れた。手下の二人は転がったまま、唸り声を発している。

「あばよ」

反町は消音器付きの自動拳銃を海に投げ捨て、ボルボに乗り込んだ。

そのとき、無性《むしょう》に和香奈を抱きたくなった。下北沢の店に電話をすると、当の本人が受話器を取った。

「おれだよ」

「例の美人弁護士さんは？」

「ドクターの後輩が院長をやってる八王子の神経科病院に預けたんだ。鉄の扉でガードされてるから、襲われることはないだろう」

「それじゃ、今夜は赤坂グレースホテルで眠れるわけね？」

「ああ。店を閉めたら、おれの部屋に来ないか？」

「行くわ」

「それじゃ、待ってる」

反町は電話を切り、車を急発進させた。


院内は仄暗《ほのぐら》かった。

常夜灯の数は少ない。午前二時過ぎだった。

男は、すでに院内の防犯装置が働かないように細工《さいく》していた。

女性病棟保護室が見えてきた。その先に看護師の詰所がある。明るかったが、話し声は聞こえない。

男はフェイスマスクで目許を隠し、鉄の扉の鍵穴に特殊万能鍵を差し込んだ。むろん、ゴム手袋は装着している。

内錠の外れる音が思いのほか高く響いた。

詰所から、青い制服を着た男性看護師たちが飛び出してきた。二人だった。ともに二十代の後半に見える。

男は鉄扉にへばりつき、ショルダーバッグの中から二挺《ちょう》のダーツガンを掴み出した。

鉄格子に両手を突っ込み、麻酔ダーツ弾を同時に放った。二人の男性看護師が相前後して、通路に倒れる。

男は素早く重い鉄扉を開け、内部に身を躍らせた。

看護師が声をあげそうになった。男は二人の口の中にスカッシュボールを突っ込んだ。もがいているうちに、看護師たちは意識を失った。

男は二人の看護師を詰所の中に引きずり込み、女性病棟保護室の方をうかがった。鉄の扉が閉まっているのは、真ん中の保護室だけだった。

片瀬真帆は、あそこにいるのだろう。

詰所内のキーボックスの中には錠が収まっていた。しかし、男は手を伸ばさなかった。自分の能力で解除する喜びを得たかったからだ。

男はダーツガンに弾を装塡《そうてん》し、獲物のいる真ん中の保護室に忍び寄り、鉄扉に万能鍵を潜《くぐ》らせた。

そのとき、室内でかすかな物音がした。

男は動きを止め、耳をそばだてた。何も聞こえない。真帆が寝返りを打ったのだろう。

男は内錠を外した。

そのとたん、凄まじいサイレンが鳴り響きはじめた。すぐに女の救いを求める声も耳に届いた。

女弁護士を拉致《らち》しよう。男は強引に鉄扉をこじ開けようとした。

しかし、びくとも動かない。サイレンが鳴ると同時に、別のオートロックが作動する仕組みになっているようだ。

「くそっ」

男はショルダーバッグを抱えて、女性病棟保護室から離れた。そのまま階段の昇り口に突っ走った。屋上から脱出するつもりだ。


張りのある乳房がゆさゆさと揺れている。

反町は痼《しこ》ったクリトリスを指で刺激しながら、下から和香奈を突き上げた。そのつど、白い裸身が跳ねた。

二人は赤坂グレースホテルのベッドで交わっていた。午前二時半ごろだった。

反町は指と口唇愛撫で、すでに和香奈を二度ほどクライマックスに押し上げていた。そのあと彼女は反町の昂まりに舌技を加え、せっかちに跨《また》がってきたのだ。

「たまらないわ。よすぎて、頭がどうにかなりそう」

「おれもだよ」

反町は腰を迫《せ》り上げた。和香奈の秘部は熱く潤《うる》んでいた。

それでいて、隙間はなかった。しっかりと反町を捉《とら》えて離さない。

「またよ。また、わたし……」

和香奈が眉を切なげにたわませ、切迫した声で甘く訴えた。

反町は和香奈の腰を両手で押さえ、下から激しく突きまくった。少し経つと、和香奈は全身を硬直させた。背を反らしながら、幾度も悦《よろこ》びの声を轟《とどろ》かせた。反町は、体に鋭い圧迫感を覚えた。

「置いてきぼりにしちゃって、ごめんね」

和香奈が上体を重ねてきた。しっとりとした肌は、うっすらと汗ばんでいた。

反町は和香奈の背を引き寄せた。

その直後、ナイトテーブルの上でスマートフォンが鳴った。反町は寝たまま、スマートフォンを取った。

「影法師がわたしのいる保護室に押し入ろうとしたの」

真帆の声だった。震えを帯びている。

「いつ？」

「数十分前よ。鉄扉のサイレンが鳴ったんで、逃げていったわ」

「奴を甘く見すぎたな。怖い思いをさせて、悪かったね。これから、八王子に行く」

「夜が明けてからで結構よ」

「しかし……」

「もう大丈夫よ。病院の男性看護師さんたちがそばにいてくれてるの」

「詰所の看護師たちはダーツ弾で眠らせられたのかな？」

「そうなの」

「心配だから、やっぱり行くよ」

反町は電話を切った。和香奈がそっと体を離し、拘《こだわ》りのない口調で言った。

「早く八王子の病院に行ってあげて。片瀬さん、襲われそうになったんでしょ？」

「ああ。悪いな」

「ううん、気にしないで。わたしは、もうたっぷり愛されたから」

「それじゃ、ちょっと出かけてくる」

反町はベッドから抜け出た。

第五章　哀しい女

1

血の気が引いていく。

男は、我が目を疑った。朝刊の社会面の小さな記事に添《そ》えられた顔写真を改めて見る。

まさしく大沼準一だった。

記事によると、大沼は男が美人准教授を殺害した前夜に自宅アパートの押入れの中で感電自殺を遂《と》げたらしい。大沼は多額の借金を抱《かか》え、前途を悲観したと書かれていた。

なんということだ。二瓶友佳の部屋に大沼準一の指紋をべたべたと貼《は》りつけてきたが、これでは死者が友佳を殺《や》ったことになってしまうではないか。

男は溜息《ためいき》をつき、煙草に火を点《つ》けた。

自宅の居間である。午前六時過ぎだった。

何か悪運にも見放された気がする。今朝《けさ》は今朝で、八王子の神経科病院で素人《しろうと》っぽいしくじり方をしてしまった。狙いをつけた保護室のドアにも防犯装置が設置されていることは、予想できたはずだ。それなのに、もう少し慎重に行動しなかったのか。しかし、不安は大きくない。詰所にいた二人の男性看護師には、まともに顔を見られたわけではなかった。

サイレンを聞きつけた病院関係者たちには、姿さえ見られていない。男は屋上に駆け上がり、背負っていたミニパラシュートで病院の裏庭に降下したのだ。

パラシュートも負い革《スリング》も黒色だった。付近の住民に見られたとも思えない。

捜査当局は大沼準一の偽造指紋が使われたことには気づくだろうが、自分が疑われることはないだろう。びくつくことはない。

男は自分に言い聞かせ、喫《す》いさしの煙草の火を消した。

煙草は健康によくない。運動能力も低下する。そうはわかっていても、なかなか禁煙はできなかった。

長椅子の上には、脱ぎっ放しの黒のパーカ、タートルネック・セーター、チノクロスパンツが重なっている。男は立ち上がって、パーカをハンガーに掛けた。

そのとき、二つの前ボタンがなくなっているのに気づいた。八王子の目的の病院に着いたころには、確かボタンはすべて付いていた。その後、失ったのだろう。

ミニパラシュートのハーネスベルトを締め直すとき、二つのボタンが弾《はじ》け飛んだのか。そうなのかもしれない。

男は蒼《あお》ざめた。

パーカのボタンには、何度も素手で触れていた。ボタンには、自分の指紋がくっきりと付着しているだろう。かつて国家の特殊任務に携《たずさ》わっていた自分の指紋原紙カードは、二カ所の公的機関に保存されているはずだ。DNAを検出されたにちがいない。自分のデータを早く消去しないと、命取りになる。男はパソコンルームに走り入った。

昔の職場の大型コンピューターに特殊なテクニックを使って、ただちに侵入する。どの機関にも、男のデータは残されていなかった。どうやら布施が自分の仕事を手伝わせるときにデータを消去してくれたようだ。ひとまず安堵する。

しかし、すぐに男は新たな不安に襲われた。男は国家の仕事をしていたとき、ロシアや中国にちょくちょく出かけていた。商社マンに化けて訪問していたのだが、そのときの出入国の記録は外務省に残されているだろう。

男は外務省のサーバーに侵入を試みた。

しかし、パスワードやアクセスコードは探り出せなかった。おおかた最新型のハッキング防止装置でガードしているのだろう。

ハッキングが無理なら、コンピューターそのものを爆破するほかなさそうだ。それも悪くない。自分はこの国のために命懸けで働いた。だが、あっさりお払い箱にされてしまった。国家には恨《うら》みしかない。

男は足で床を蹴って、回転椅子を回しはじめた。何かを思いついたときにやる癖だった。

五、六周したとき、居間の固定電話が鳴った。男は受話器を取り上げても、故意に何も喋《しゃべ》らなかった。

「わたしよ」

発信者は、よく知っている女だった。

「なんだ？」

「うまくいったの？」

「保護室の鉄扉《てっぴ》に警報装置が付いてたんだ」

「それで、逃げ出したのね」

「言葉に気をつけろ。おれは、逃げたわけじゃない。大事を取っただけだっ」

男は語気を荒らげた。

「あなたらしい言い方だわ」

「超人に近いおれを、そのへんの臆病者と一緒にするな！」

「…………」

「なぜ、黙ってるんだっ。だいたい近頃、おまえはつけ上がってるぞ。抱いてやったからって、いい気になるな。おまえなんか、ダッチワイフみたいなもんだ」

「ひどい言い方ね」

「それから言っとくが、おれはおまえのために辺見沙織に屈辱感を与えたんじゃないぞ。片瀬真帆を狙《ねら》ってるのも、おれ自身が娯《たの》しみたいからだ」

「でも、最初は……」

「うぬぼれるな。おれは女に焚《た》きつけられて動くような男じゃない。用があるときは、こっちから連絡する」

「わかったわ」

女の声が途切《とぎ》れた。

この自分を利用しているつもりだろうが、それは逆だ。交際中の女はキャリアウーマンどもをよく知っているから、情報集めに利用しているにすぎない。用がなくなれば……。

男は喉《のど》の奥で笑い、受話器を置いた。


朝陽を浴びて何かが鈍《にぶ》く光っている。

反町は足を速めた。神経科病院の屋上だ。夜が明けると、反町は病院内や庭をくまなく検《しら》べてみた。

しかし、影法師の遺留品と思われる物は何も発見できなかった。

病院の当直職員たちは手分けして、すべての出入口を封じ、院内を徹底的にチェックしたという。だが、不審者はどこにもいなかったらしい。

反町は、影法師が屋上からロープを伝って脱出したのではないかと推測したのだ。だが、手摺《てすり》のどこにもロープは結びつけられていなかった。

反町は足を止めた。

屋上の磁器タイルの上に落ちていたのは黒いボタンだった。割に大きかった。男物のパーカか何かの前ボタンだろう。

裏庭側の鉄柵《てつさく》のそばにも同じ大きさのボタンが落ちている。

影法師のボタンと考えてもよさそうだ。反町は煙草のパッケージ・セロファンを抜き取り、黒いボタンを掬《すく》い上げた。

陽《ひ》に翳《かざ》してみると、指紋がうっすらと付着していた。反町はボタンの入ったセロファンを上着の右ポケットに入れた。

鉄柵を仔細《しさい》に観察すると、パイプに靴の底の溝《みぞ》が刻《きざ》まれていた。柵の向こう側のコンクリートの縁《へり》には二つの足跡があった。

靴跡から察して、ジャングルブーツと思われる。ジャングルブーツは、ふつうの靴屋では売られていない。

影法師は自衛官崩《くず》れか、それに近い仕事に携わっていたのではないだろうか。

反町は立ち上がって、手摺越しに裏庭を眺め下ろした。かなり広いスペースに芝生が植えられ、塀際《へいぎわ》には常緑樹が並んでいる。

どうやら影法師は、ミニパラシュートで降下したらしい。そのときにボタンを落としたようだ。そうした危険な離れ業《わざ》をやれるのは、陸上自衛隊のレンジャー隊か第一空挺団に属したことのある者ぐらいではないか。日本のＣＩＡと呼ばれる陸上自衛隊情報本部のメンバーも、スパイとしての特殊訓練を受けている。ミニパラシュートで降下するのは、たやすいことだろう。

陸上自衛隊情報本部のトップは、内閣調査室と同様に警察庁からの出向者が歴代務《つと》めている。部下のエージェントたちは、ロシア、中国、北朝鮮、韓国などの軍事情報を収集しているが、自衛隊員ばかりではない。トップと同じように、警察庁からの出向者もかなりいる。いずれも知力と体力に恵まれた者ばかりだ。

影法師はハッキングや盗聴にも長《た》けているようだから、情報本部の元工作員と考えたほうがよさそうだ。

反町はマールボロに火を点けた。

ふた口ほど喫ったとき、背後で真帆の声がした。

「ここにいたのね」

「眠れなかったのかな?」

反町は振り返った。

「当直医が処方してくれた睡眠薬入りの精神安定剤を服《の》んだんだけど、なんだか眠れなくて」

「それだけ怖かったんだろうね」

「朝になるまで反町さんには連絡しないつもりでいたのだけど、なんだか心細くって、つい電話をしてしまったの。でも、まさかあんなに早く来てくれるとは思わなかったわ」

「当然だよ。おれは、きみの用心棒なんだから。こっちも昨夜、ここに泊まるべきだったな。悪かったね」

「あなたに落ち度はないわ」

真帆が首を振った。枯葉色のニットスーツを着ていた。口紅しかつけていなかったが、知的な容貌は輝くような美しさをたたえている。

反町は真帆を抱きしめて、唇を吸いつけたい衝動を覚えた。しかし、それを実行することはさすがにためらわれた。

「影法師は、どうやってわたしの居所を突きとめたのかしら?」

「神経科病院の保護室に入ったことを知ってるのは、藤沢のお母さんとオフィスの小室さんだけだよね?」

「ええ。彩子と沙織さんには、結局、連絡がつかなかったので」

「小室さんが犯人に内通してたとは考えられないだろうか」

「それは考えられないわ。小室さんは口下手《べた》だけど、とっても誠実な方なの。調査の手際もいいので、できるだけの待遇はしてるつもりよ」

「それなら、きみに不満や恨みを抱くことはなさそうだな。もちろん、お母さんがきみの居所を影法師に教えるはずない」

「ええ、それはね。母には、誰にも居所を教えるなって釘をさしておいたの。それなのに、犯人は……」

真帆が身を震《ふる》わせた。

「もしかしたら、きみの持ち物の中に盗聴器かＧＰＳが隠されてるのかもしれないね」

「そうなのかな」

「保護室に戻ろう」

反町は促《うなが》した。

二人はエレベーターで二階まで降り、女性病棟保護室に入った。反町は、真帆のトラベルバッグの中身を入念に検《しら》べた。だが、何も出てこなかった。バッグそのものもチェックしてみたが、妙な物は仕込まれていなかった。

反町は真帆の腕時計を見てから、胸許に視線を向けた。

「まさかこのブローチに⁉」

「ちょっと外《はず》してみてくれないか」

「はい、いま……」

真帆がブローチを外した。中心部に瑪瑙《めのう》が嵌《は》まり、周囲は銀色の彫金だった。

反町はブローチを手に取った。

瑪瑙の片側が、わずかに浮き上がっている。反町は真帆に断って、彫金の部分を捩《ね》じ曲げた。すると、瑪瑙の下に薄いチップが貼りつけてあった。

「これはチップ型電波発信器だよ」

反町は小声で教え、ブローチをベッドの上に置いた。それから彼は、真帆を休憩所まで連れだした。

「あのブローチは自分で買ったの？」

反町は真っ先に問いかけた。

「ううん、辺見沙織さんが去年のわたしの誕生日にプレゼントしてくれたの。割に気に入ってたんで、しょっちゅう、胸に飾ってたんです。沙織さんがチップ型電波発信器を仕掛けたのかしら」

「何か思い当たるようなことは？」

「いいえ、ないわ。沙織さんと何かでトラブったこともないし、彼女とは割に仲がいいの」

「あのブローチを辺見沙織さんに貰《もら》ったことを知ってる人間は?」

「彩子がお姉さんと一緒にお祝いに来てくれたし、仕事関係の人たちに沙織さんからのプレゼントだって喋っちゃったから、大勢の人が知ってるはずよ」

「そうか。辺見沙織さんが電波発信器を仕掛けたんじゃないとすれば、誰かが美人キャスターの仕業《しわざ》に見せかけたかったんじゃないのかな」

「その人は、何か沙織さんによくない感情を持ってるようね」

　真帆が言った。

「ああ、おそらく。影法師が辺見沙織さんを快《こころよ》く思っていないのか、奴に協力してる者が沙織さんを陥《おとしい》れたかったのかのどちらかなんだろう」

「そういうことになるわね」

「後で、ブローチをよく検《しら》べてみよう。チップ型電波発信器が少し前に仕掛けられたんだとしたら、きみの自宅によく出入りしてる人間の仕業臭いな」

「親しくしている同性の友達は十人ほどいるけど、その中の誰かが……」

「多分、そうなんだろう」

「なんだって、わたしを苦しめるんでしょう?」

「この病院も安全じゃないな。どこか別の隠れ家を探そう」

反町は口を閉じた。

そのとき、スマートフォンに着信があった。発信者は力石だった。

「先輩、朝刊かネットニュースをチェックしました？」

「いや、どっちもチェックしてない。何かあったようだな」

「大沼準一が自宅アパートの押入れの中で、感電自殺してたんですよ。二瓶友佳が殺される前の夜に」

「やっぱり、そうだったか。真犯人は、いまごろ慌《あわ》てているだろう。大沼準一に罪を被《かぶ》せる気だったと思われるが、犯行時にはもう大沼はこの世にいなかった……」

「ええ」

「力石、また指紋《モン》の鑑定を頼みたいんだ」

反町は影法師に真帆が襲われそうになったことから話しはじめ、神経科病院の屋上で黒い前ボタンを見つけたことまで語った。

「それじゃ、どこかでそのボタンを受け取りましょう」

「桜田門《さくらだもん》の近くまで出向くよ。正午前には必ず連絡するから、待機しててくれ」

「了解！」

「鑑識係の口は堅いんだろうな？　もし何だったら、ちょっと鼻薬をきかせるか」

「酒好きの男だから、おれがこっそりスコッチでも渡しておきますよ」

力石が声をひそめて言い、先に電話を切った。スマートフォンを懐に収めたとき、真帆が不安顔で言った。

「あのブローチ、もう持っていたくないわ」

「確かに落ち着かないよな」

「ええ、とっても」

「それじゃ、電波発信器を抜き取って、捨ててしまおう」

反町は言って、真帆の背を軽く押した。

2

男は起爆スイッチを押した。

ほとんど同時に、斜め前に建つ外務省庁舎で爆発音がした。霞《かすみ》が関《せき》の官庁街だ。退庁時だった。

五階の窓という窓から、爆煙と炎が噴《ふ》き出している。

六階と四階の窓の半分も、爆風で砕け散った。家路を急ぐ公務員たちが悲鳴を放ちながら、一斉に逃げ惑《まど》いはじめた。外務省庁舎の表玄関からも、次々に職員が飛び出してくる。

男は十分ほど前、五階の男性用トイレにリモート・コントロール爆弾を仕掛けておいた。炸薬《さくやく》はコーズマイト2号だった。火薬量はダイナマイト七本分だ。

機密データの入力された大型コンピューターは、トイレの近くの部屋にある。

これで、自分の渡航記録は完全に消えただろう。男はレクサスのパワーウインドーのシールドを下げた。

文庫本ほどの大きさの起爆装置を植え込みの中に投げ落とす。それには、かつての上司だった布施直秀の偽造指紋が付着している。

布施は信用できない人間だ。裏切り者は誰かに裏切られることになる。

男はほくそ笑み、穏《おだ》やかに車を走らせはじめた。

はるか前方から、消防車と救急車がひと塊《かたまり》になって猛進してくる。男はパワーウインドーのシールドを上げ、鼻歌をくちずさみはじめた。

部屋の空気が重い。

反町は赤坂グレースホテルの自分の部屋で、依頼人の真帆と向き合っていた。どちらもリビングソファに腰かけている。

二人が八王子の神経科病院を出たのは午前十時ごろだった。

反町は尾行の車の有無《うむ》を神経質に確かめながら、ボルボを都心に走らせた。正午前に日比谷のレストランで力石と落ち合い、遺留品と考えられる黒い前ボタンを渡した。

そのあと反町は、真帆を池袋《いけぶくろ》にあるレディース専用のホテルにチェックインさせるつもりだった。そのホテルは、セキュリティの万全さを売りものにしていた。

しかし、真帆はそこに泊まりたがらなかった。それだけではない。いつも近くに反町にいてもらいたいと切望した。聞き流すわけにはいかない。

そこで、反町はホテルの構造を熟知している自分の塒《ねぐら》に真帆を連れてきたわけだ。しかし、気持ちが不安定なようで、彼女は仕事関係の書類にも目を通そうとしなかった。

コーヒーテーブルの上に置いたスマートフォンが着信音を発した。

反町は反射的に腕を伸ばした。滝からの電話だった。

「小金丸君から話は聞いたよ。かえって迷惑をかけることになってしまったね」

「ドクター、気にしないでください。誰だって、凌辱予告犯が鉄格子《てつごうし》付きの保護室に侵入するとは思いませんので」

「いま小金丸君と相談したんだが、片瀬弁護士を中野の警察病院に入院させてはどうだろうか。あそこなら、まさか犯人も押し入る気にはならないだろう」

「それはわかりませんよ。敵は、ただの異常性犯罪者じゃないんです。きっと特殊な訓練を積んでるにちがいありません」

「もう少し具体的に言ってもらえないか」

「影法師は元国家機関のスパイか、それに近い仕事をしてたんだと考えられます」

反町は言った。

「何か証拠があるのかな?」

「確証はまだ摑《つか》んでいないんですが、これまでの奴の行動を分析すると、どうもそんな臭いがするんですよ」

「元スパイだとしたら、陸上自衛隊情報本部か公安調査庁にいた人間なのかもしれないぞ」

「なるほど、公安調査庁とも考えられますね」

「そうだな」

滝が短く応じた。

公安調査庁は一九五二年に設《もう》けられた法務省の外局だが、実質は検察庁の下部機関だ。組織は総務部、調査第一部、第二部から成り、調査第一部は日本共産党及び新左翼、調査第二部はロシアや中国に関する情報を集め、朝鮮総連や右翼団体の動向も調査している。

全国に八つの公安調査局、十四の地方公安調査事務所があり、職員数はおよそ千七百人だ。その約九割が調査対象の団体に巧《たく》みに潜入し、スパイづくりをしていると言われている。

似たような組織に内閣情報調査室があるが、規模はずっと小さい。室員も約二百名で、主に内外情勢の分析やマスコミ論調の工作を行なっている。

「前者と睨《にら》んでたんですが、公安調査庁に関わってた者なのかもしれませんね」

「考えられるな。それはそうと、どうする？」

「せっかくですが、しばらく赤坂の塒に片瀬弁護士を匿《かくま》うことにします」

反町はやんわりと断り、通話終了ボタンをタップした。それを待っていたように、すぐにスマートフォンが鳴り響きはじめた。

「自分です」

力石からの電話だった。

「指紋《モン》の鑑定はどうだった？」

「警視庁《うち》の指紋カードに該当者はいませんでした」

「それなら、警察庁《サッチョウ》の刑事局にも当たってみてくれないか」

「警察庁の刑事局⁉」

「そう。影法師は警察庁から陸上自衛隊情報本部に出向してたのかもしれないんだよ。それから公安調査庁にいたとも考えられるんで、法務省にも当たってみてほしいんだ」

「反町さん、正式な手続きを踏まなきゃ、どちらも探れませんよ。ともにガードが固いですんで」

「そうだろうな。なら、外務省だ。あそこには国家機関のスタッフの渡航記録が残ってるはずだ」

「その外務省なんですが、二十数分前にリモコン爆弾でコンピュータールームが爆破されたんですよ」

「くそっ、奴の仕業だろう」

反町は呻《うめ》いた。

「奴って、影法師のことですね？」

「そう。奴は自分のデータを消したにちがいないよ」

「外務省庁舎の前の高速二号環状線の下の植え込みに起爆装置が落ちてたそうです。いま、鑑識さんが指紋《モン》の採取をはじめています」

「どうせ奴の指紋《モン》やＤＮＡは検出されないだろう」

「でしょうね。しかし、また誰かの偽造指紋を使ったとも考えられます」

「そうだな。その線から、影法師の正体を割り出せるかもしれないぞ」

「何かわかったら、連絡します」

力石が先に電話を切った。

反町は通話を終わらせると、真帆に二本の電話の内容を語った。口を結んだとき、ドアがノックされた。

反町はソファから離れ、ドアに足を向けた。

来訪者は藤巻だった。藤巻は朝から歯科医の松永千秋の交友関係を洗っていた。

「どうだった？」

反町は問いかけた。

「やっぱり、千秋の周辺には盗聴やハッキングに長《た》けた男はいませんでしたね。くたびれ儲《もう》けでしたっすよ」

「それを確認しただけでも、一歩前進じゃないか」

「そういう慰《なぐさ》め方されると、ちょっと傷つくなあ」

藤巻が小声で言った。

「夕飯は？」

「まだっすけど」

「おれたちも喰ってないんだ。一緒に喰おう」

反町は藤巻をイタリア製のソファに坐《すわ》らせ、部屋の電話でルームサービスを頼んだ。

三人はソファに向かい合っていても、ほとんど喋らなかった。

夕食が運ばれてきたのは二十数分後だった。反町たちはダイニングテーブルに移って、ナイフとフォークを手に取った。メインディッシュは、鴨《かも》のテリーヌとアラスカ鱒《ます》のムニエルだった。

反町は最初に食べ終え、長椅子で食後の一服をした。

煙草の火を消したとき、スマートフォンに着信があった。スマートフォンを耳に当てると、男のくぐもった声が伝わってきた。

「元ＳＰの反町だな？」

「影法師かっ」

「当たりだ。右近和香奈を預かった」

「なんだと!?」

「いま、きさまの彼女の服を脱がせたところだ。ナイスバディだな」

「和香奈の声を聴《き》かせろ」

反町は叫んだ。男は何も言わなかった。少し待つと、和香奈の声が耳に届いた。

「この人たちは何者なの？」

「和香奈、どこにいるんだ？　どこに監禁されてる？」

反町は大声で訊《き》いた。和香奈の短い悲鳴が聞こえ、すぐに男の声に替わった。

「いまから四十五分以内に世田谷区池尻《いけじり》一丁目にある世田谷公園に来い。区営プールの近くで待ってる」

「条件を言え！」

「丸腰で、きさまひとりで来るんだ。約束を破ったら、人質に取った女を切り刻《きざ》みながら、息絶えるまで弄《もてあそ》んでやる」

「陸自の情報本部は、強姦《ごうかん》の仕方まで教えてるのかっ。それとも、公安調査庁で習ったのかい？」

「何をわけのわからんことを言ってるんだっ。いいから、早く来い！」

男が乱暴に電話を切った。声には、かすかな狼狽《ろうばい》が感じられた。どうやら勘は間違っていなかったようだ。

「影法師からの電話だったのね？」

真帆が椅子から立ち上がった。

「和香奈が敵の手に落ちた。影法師はこっちを世田谷公園に誘《おび》き出して、殺す気なんだろう」

「ひとりで行くのは危険だわ。力石さんに応援を頼んだら？」

「敵は、ただの犯罪者じゃない。力石がこっそり動いても、必ず気づくと思うよ」

「どうすればいいんでしょう⁉」

「おれは、ひとりで行く。きみのガードは藤巻君に頼む」

反町は真帆に言って、貧乏探偵に顔を向けた。

「片瀬さんのことは、おれに任せてください」

「ホテルの者以外は絶対に部屋に入れないようにな」

「了解！　反町さん、早く右近さんを救《たす》けに行ってあげてください」

藤巻が言った。真帆も同調した。

反町はうなずき、急いで部屋を出た。午後八時三分過ぎだった。エレベーターで地下駐車場に降り、ボルボに乗り込む。

車は青山《あおやま》通りに出て、そのまま玉川《たまがわ》通りを進んだ。それほど車の量は多くなかった。

三宿《みしゅく》の交差点を左折し、下馬《しもうま》方面に向かった。

やがて、左手に世田谷公園が見えてきた。区営プールは、園内の北側にあるはずだ。

大学時代、ゼミの仲間が池尻一丁目に住んでいた。このあたりの地理には割に明るい。

反町は車を三宿通りに駐《と》め、グローブボックスからロッシーを摑み出した。すでに特殊短杖はベルトの下に挟《はさ》んであった。

ボルボを降り、園内に駆け込む。

樹木が繁《しげ》り、遊歩道には誘蛾灯《ゆうがとう》が点いていた。暗くはない。

反町は樹木の間を縫《ぬ》いながら、区営プールに近づいた。人の姿は見当たらなかった。

和香奈はプールの手前の樫《かし》の木に結束バンドで縛りつけられていた。口は粘着テープで塞《ふさ》がれている。

反町は闇を透《す》かして見た。

動く人影は目に留《と》まらない。和香奈が反町に気づき、小さく顎《あご》を引いた。

　危険はないという意味だろう。反町は駆け寄って、まず和香奈の口許《くちもと》の粘着テープを引き剥《は》がした。和香奈が肺に溜《た》めていた息を長く吐いた。

「男はどうした？」

「あなたに電話をしてから間もなく、どこかに行ってしまったわ。わたしをここに縛りつけたのは仲間の男たちよ」

「男たちは何人だった？」

　反町は訊きながら、結束バンドをほどきはじめた。

「二人よ。それから、女もいたの」

「どんな女だった？」

「キャップを被ってサングラスをかけた三十歳前後の女だったわ。中肉中背で、顎に絆創《ばんそう》膏《こう》を貼りつけてたわね」

　和香奈が一気に喋り、両手首を撫《な》でさすった。

「どこで襲われたんだ？」

「サングラスの女が『マザー』に入って来て、車が通り抜けられないから、わたしのＢＭＷを移動してくれって言ってきたのよ。それで、わたし、外に出たの。そうしたら、わたしを縛った二人組が音もなく近づいてきて、サバイバルナイフと拳銃を……」

「それで車に乗せられて、ここに連れてこられたんだな？」

「ええ。車はシボレーの旧型4WDだったわ。車体の色はインディゴブルーとグレイのツートーンよ。車を運転してたのはサングラスの女だったんだけど、使いっ走りって感じじゃなかったわ。二人の男に指示してたから」

「そうか。おれに電話をしてきた男は、ずっと旧型の4WDの中にいたのか？」

反町は畳みかけた。

「ううん、あの男はこの公園で待ってたのよ。あいつが片瀬さんを狙ってた男なの？」

「ああ、おそらくな。奴はおれをホテルの部屋から誘《おび》き出して、片瀬弁護士を拉致《らち》する気なんだろう」

「ええっ」

和香奈が驚きの声をあげた。

反町は和香奈の手を取り、勢いよく走りだした。助手席に坐った和香奈に自分のスマートフォンを渡し、真帆の電話番号を教えた。和香奈が、すぐに電話をかける。

反町はボルボをUターンさせ、三宿に向かった。

三宿の交差点の手前で、和香奈が告げた。

「電源が切られてるわ」

「それじゃ、赤坂グレースホテルに電話して、おれの部屋に繋いでもらってくれ」

反町は言って、玉川通りに入った。際どい追い越しを繰り返し、青山通りをめざす。

「部屋の電話には誰も出ないそうよ。どうする？」

和香奈が通話を切り上げた。車内の空気が重くなった。

「影法師と思われる奴のことをできるだけ詳《くわ》しく教えてくれないか」

反町は促《うなが》した。

「細身で割に背は高かったわ。濃いサングラスをかけてたから、目のあたりはちょっと……」

「アフターシェービング・ローションの匂いはしなかった？」

「したわ」

「そのほか印象に残ってることは？」

「サングラスの女とは、他人じゃないようだったわ。だけど、恋人同士って感じでもなかったの。男が一方的にいろいろ命令してたのよ」

「その女で印象に残ってることは？」

「喋るときに、ちょっと小首を傾《かし》げるような仕種《しぐさ》をしたの」

「香水は？」

「つけてなかったわ」

「奴らは、そっちにおかしな真似《まね》をしたのか？」

「二人組の片割れがヒップを撫でたから、そいつの顔に唾《つば》を吐きかけてやったわ」

「和香奈らしいな。で、その男はどうしたんだ?」

「逆上して、わたしのおっぱいを鷲摑《わしづか》みにしたわ。だから、膝頭《ひざがしら》で急所を蹴ってやったわよ。そうしたら、もうひとりの男がバックハンドでわたしの頰《ほお》を殴《なぐ》ろうとしたの。でも、サングラスの女に強く窘《たしな》められて……」

「二人組は半グレふうだったのか?」

「ううん、体育会系っぽかったわ。というより、自衛官崩れか何かなんじゃないのかな。動作が軍人みたいにきびきびとしてたし、二人とも『自分がやります』なんて口のきき方をしてたから」

和香奈が口を噤《つぐ》んだ。

二人組は、影法師の昔の部下だったのではないか。

反町はそう推測しながら、赤坂見附《みつけ》を通過した。赤坂グレースホテルは、もうすぐ先だった。

ホテルの地下駐車場にボルボを入れ、反町たちはエレベーターに飛び込んだ。

二〇〇一号室に入ると、藤巻がダイニングテーブルの横に倒れていた。

俯《うつぶ》せだった。首筋には、ダーツ弾が埋まっている。真帆の姿は、どこにも見当たらなかった。

「やっぱり、あの男が片瀬さんをどこかに連れ去ったようね」

「だろうな。藤巻君は麻酔弾で眠らされたにちがいない」

反町は自称和製フィリップ・マーロウの首のダーツ弾を抜き取り、耳許で名を呼びつづけた。

しかし、いっこうに意識を取り戻さない。反町は焦《じ》れた。だが、麻酔が切れるのを待つほかない。

藤巻が自分を取り戻したのは三十数分後だった。

「反町さん、申し訳ないっす。ホテルマンに化けた二人の男が押し入ってきて、いきなりおれにダーツ弾を浴びせてきたんすよ。片瀬さんは、二人組の若い男に取り押さえられて……」

「そうか」

「おれ、男のひとりにタックルしたんす。そのとき、そいつの靴の踵《かかと》の内側に超小型のGPSを両面テープで貼りつけたんすよ。それが転げ落ちてなければ、あいつらの行く先はわかるでしょう」

「なぜ、藤巻ちゃんがGPSを持ってたんだ？」

「おれが千秋の件で動いてたのを忘れたんすか」

「忘れてたわけじゃないよ。影法師に迫ったときのことを考えて、GPSを用意してたわけか」

「そうっす。殴り合いには自信ないっすからね。でも、うまくすれば、GPSぐらいはこっそり付けられると思ったんすよ」

「車輛追跡装置、いつ買ったんだ?」

「探偵仲間から一日二万円で借りたんすよ。美人歯科医の仕事を片づければ、少しまとった金が入ると思ったんでね」

「そうか。すぐ追おう」

反町は言った。藤巻が跳《は》ね起きた。

「わたしも行くわ」

和香奈が言った。

「いや、和香奈は店に帰ったほうがいいな」

「あの連中に立木に縛りつけられたのよ。何かしてやらなきゃ、腹の虫が収まらないわ」

「敵はチンピラとは、わけが違うんだ。おれのジープ・ラングラーで、下北沢に戻ってくれ」

反町は四輪駆動車の鍵《キー》を和香奈に投げ、藤巻と部屋を出た。

地下駐車場に降りると、二人はランドクルーザーに駆け寄った。藤巻が車に乗り込み、車輛追跡装置のスイッチを入れた。

レーダーには赤い点が映《うつ》っていた。まだ首都圏の三十キロ圏内にいた。

「東名高速の横浜インターのあたりにいますね」

「藤巻ちゃん、先導してくれ」

反町はボルボに走り寄り、大急ぎで運転席に入った。グローブボックスの中には、ロッシーが入っていた。

3

獲物《えもの》の裸身は美しかった。

一種の芸術品と言ってもいいだろう。感動が胸を揺さぶっている。

「やっとおまえを手に入れることができた」

男は言って、真帆の乳首を掌《てのひら》で転がした。

全裸の真帆は、ベッドの支柱に結束バンドで括《くく》られていた。両脚を大きく開く恰好だった。

静岡《しずおか》県御前崎《おまえざき》市の貸別荘の一室だった。

すぐ目の前が砂浜で、遠州灘《えんしゅうなだ》の波の音が聞こえる。潮騒《しおさい》が高い。貸別荘の西側には、停止中の浜岡《はまおか》原子力発電所がある。その先に浜岡大砂丘が拡《ひろ》がっていた。

男は小学生時代に毎夏、浜岡町にあった親類の家で過ごした。砂丘休憩所の近くの海岸で、毎日のように遊んだ。

一つ年上の従兄《いとこ》は利発で、陽気な少年だった。しかし、小学五年生のとき、従兄の一家は交通事故で全員死んでしまった。従兄の住んでいた家は人手に渡ったが、男は翌年の夏休みにも両親と一緒に浜岡砂丘の近くのホテルに宿泊した。

中学生になると、従兄の記憶はだんだん薄れた。しかし、数年前になんの脈絡もなく従兄と過ごした日々を急に思い出した。

それ以来、御前崎市の貸別荘で何日か、ぼんやりと過ごすことが習わしになったのだ。男の生家は静岡市内にあった。いまも実家に年老いた両親が暮らしているが、親許に顔を出すことはなかった。

飼っていたシェパードを鉈《なた》で撲殺した夜、高校教師だった父は激しく男を詰《なじ》った。母は、愛犬を殺した理由を幾度も訊いた。男は事実を語れなかった。交尾中の飼い犬の流した血を見て猛々《たけだけ》しい性衝動《リビドー》を覚えたことを打ち明けたら、父母にメンタルを疑われると判断したからだ。

両親は息子が秘めている残忍性に薄気味悪さを覚えたのか、次第に接し方がよそよそしくなった。男はそれを敏感に感じ取り、自分もまた父や母に愛情を抱《いだ》けなくなった。社会人になってからは一度も両親に会っていない。

いまごろ、反町は泡を喰っているだろう。

男は薄い唇を歪《ゆが》め、真帆の下腹を撫でた。肌は滑《なめ》らかだった。まるで鞣革《なめしがわ》に触れているようだ。温《ぬく》もりも優しい。

真帆は微動だにしなかった。赤坂グレースホテルの反町の部屋で、全身麻酔の注射を射《う》ったからだ。それから、かれこれ二時間が経過している。

そろそろ麻酔が切れるころだ。男は真帆の飾り毛をまさぐり、性器を弄《もてあそ》びはじめた。性感帯を愛撫しつづけた。

しかし、体の芯《しん》は潤《うる》まなかった。男は二本の指を強引に埋めた。すると、真帆はわずかに顔をしかめた。

男は荒々しく指を動かした。

その直後、真帆が身を捩《よじ》った。男は指を埋めたまま、真帆の口の中にスカッシュボールを詰めた。

真帆が瞼《まぶた》を開け、怯《おび》えはじめた。何か叫んだが、言葉にはならなかった。

美人弁護士の呻き声を聞いたら、見張りの二人も妙な気持ちになるにちがいない。

男は真帆の乳首を吸いつけながら、指の腹で膣壁をこそぐりはじめた。

庭先にいる二人の男は、現職の陸上自衛官だった。がっしりした体型の男は、宮利政《みやとしまさ》という名だ。反《そ》っ歯《ぱ》のほうは出口晃《いでぐちあきら》という名前だった。

ともに二十七歳で、埼玉県の朝霞《あさか》駐屯地に所属している。

二人は酒と女に目がなかった。その弱みにつけ込まれ、あるカルト集団に地点防空ミサイルシステムである国産短ＳＡＭの四連装ミサイル・ランチャー車輌二台とレーダー射撃統制装置車の保管場所や警備システムの情報を洩《も》らしたのだ。

カルト教団は短ＳＡＭを強奪する前に教祖や幹部が相次いで逮捕された。

宮と出口の犯罪行為は表沙汰《おもてざた》になっていないが、男は二人の弱みを押さえていた。宮たちは男に脅され、一年あまり前から荒っぽい仕事を手伝わされていた。

「おまえを手に入れるまで時間がかかってしまった。だから、たっぷりと娯《たの》しませてもらうぞ」

男は真帆に言い、舌の先で乳首を転がしはじめた。

先導のランドクルーザーは国道一五〇を突っ走っている。

東名高速道路の吉田《よしだ》ＩＣ《インターチエンジ》を降りたのは二十分ほど前だった。あと数キロで、御前崎遠州灘県立自然公園に達する。

影法師は、この近くにいるのか。

反町は焦躁《しょうそう》感を捩じ伏せながら、ひたすら藤巻の車を追った。しばらく走ると、道は大きくカーブした。

藤巻のランドクルーザーはさらに疾駆《しっく》し、不意に左折した。海のある方向にまっしぐらに走り、やがて松林の手前で停《と》まった。

海辺に七棟のロッジが並んでいる。電灯が点いているのは右端の一軒だけだった。

藤巻がヘッドライトを消し、エンジンも切った。

反町は倣《なら》って、静かに車を降りた。藤巻が抜き足で近づいてくる。向き合うと、反町は先に喋った。

「影法師は、電灯の点いてるロッジにいるんだな?」

「ええ、多分。レーダーの発光ランプは、ここで静止してますんで」

「藤巻ちゃんは、ここにいてくれ」

「そういうわけにはいかないっすよ」

「無理するなって。藤巻ちゃんは頭脳プレイは得意なんだろうが、腕力はちょっとな」

「おれも男です。こんなときに尻込みはできません」

「なら、そっちに見張りを片づけてもらうか。その隙に、こっちは真帆を救い出すよ」

「見張りは二人いると思うんですよね。おれ、格闘技の心得がないから、二人の男をやっつける自信は……」

藤巻が口ごもった。

「それじゃ、逆でもいいよ」

「ええっ。それも、ちょっと自信ないっすね」

「だろう？　だから、ここで待っててくれよ。藤巻ちゃんが動くと、かえって足手まといになるんだ」

「はっきり言いますね」

「今度の敵は手強《てごわ》いんだ。藤巻ちゃんを若死にさせるわけにはいかないんでな」

「大丈夫っすか、ひとりで？」

「ああ。こっちが片瀬弁護士を抱えてロッジから飛び出してきたら、すぐに発進できるようにしといてくれ」

反町は中腰でロッジに向かった。

浜風が強い。前髪が逆立《さかだ》ち、衣服が肌にへばりつく。

電灯の点いた貸別荘らしき建物の前庭には、アメリカ製の旧型四輪駆動車が駐めてあった。シボレーだ。

アイドリング音が轟《とどろ》き、車内には二人の若い男が乗っていた。男たちはウイスキーを交互にラッパ飲みしている。

反町はロッシーをベルトから引き抜き、親指で撃鉄《ハンマー》を搔き起こした。

旧型四輪駆動車の後ろに回り込み、運転席のドアを開ける。運転席には、肩と胸の厚い男が坐っていた。助手席の男は反っ歯だった。

「騒ぐと、頭がミンチになるぞ」

反町は拳銃で男たちを威嚇《いかく》しながら、エンジンを切った。すぐにキーを抜き取る。

「降りろ！」

反町は二人に命じた。男たちは車の外に出た。

気圧《けお》されたようだ。反町は二人を地べたに俯せにさせ、素早くポケットを探った。

がっしりとした男は、フォールディング・ナイフを忍ばせていた。もうひとりは、腰の後ろにS&W《スミス・アンド・ウェッソン》のM52を挟んでいる。

反町はフォールディング・ナイフとアメリカ製の自動拳銃を奪った。

「影法師と女は、ロッジの中にいるんだな？」

「ああ」

がっしりとした体型の男が答えた。

「おまえらは何者なんだっ」

「それは言えない」

「言えるようにしてやろう」

反町は男たちの後頭部に交互に銃口を突きつけた。ややあって、反っ歯の男が小声で言った。

「陸自で働いてるんだ、おれたち」

「影法師の正体を吐いてもらおうか」

「それは勘弁してくれよ。あの人は怕《こわ》い男だからな」

「かつて陸自情報本部のスパイだったんだろう？」

「…………」

「肯定の沈黙らしいな。あの男の名前は？」

「忘れたよ」

「いい根性してるな」

「撃てよ。銃声がしたら、あの人は女弁護士を殺すぞ」

「開き直る気か。いいだろう」

反町は奪った自動拳銃をベルトの下に差し入れ、代わりに強力な高圧電流銃《スタンガン》を取り出した。先に反っ歯の男の首筋に電極を押し当て、スイッチボタンを押す。放電の青い火花が散り、男が短く呻いた。

「そいつは高圧電流銃《スタンガン》だな」

肩と胸の厚い男が言った。

反町は鋭い目を片方だけ細め、もうひとりの男にも電流を送った。二十秒ほど経過すると、男は気を失った。

反町は二人の両肩の関節を外し、四輪駆動車の後部座席に放り込んだ。

男はアイスピックを持つ手を止めた。

庭先で、車のドアを閉める音がしたからだ。

宮か、出口が四輪駆動車から降りたのか。反町譲司が、ここまで追ってきたのだろうか。それは考えにくい。

男は、またアイスピックで真帆の乳房の裾野を軽く突きはじめた。

無数の斑点《はんてん》が散っているが、まだ鮮血は噴いていない。何カ所か、皮下出血しているだけだった。

「だんだん感じてきたよ」

男はカッターナイフに持ち替え、刃を四、五センチ押し出した。

真帆が首を横に烈《はげ》しく振り、目顔で許しを乞《こ》うた。男は取り合わなかった。

男は下腹に刃先を当て、軽く引きはじめた。白い肌に、蚯蚓《みみず》腫れのような赤い線が生まれた。男は切っ先をぷっくりとした恥丘まで滑らせ、指先に力を込めた。

真帆が顔をしかめる。和毛《にこげ》の間から鮮血が噴いた。

滑り出た赤い雫《しずく》は繁みの中を這い、合わせ目に達した。縦筋《たてすじ》の分水嶺《ぶんすいれい》で赤いものは左右に分かれた。

シュールな眺めだった。いつの間にか、男の昂《たか》まりはトランクスを突き上げていた。男はいったんベッドを降り、ベルトを緩《ゆる》めた。

そのときだった。テラスの床板を踏む足音がした。

反町にちがいない！

男はそう直感し、電灯のスイッチを切った。手探りでベッドの上のカッターナイフを摑み上げる。男は片手でショルダーバッグを足許から拾い上げ、手製のトロイカガンを取り出した。

銃身部分に三弾カートリッジ・クリップが埋まっていた。銃把《じゅうは》の中には、超小型バッテリーが入っている。いわゆる電磁激発の密造ピストルだ。

その気になれば、男はいくらでも真正拳銃を手に入れることはできた。しかし、それでは面白《おもしろ》みがない。全知全能を目標にしている自分がやることではないだろう。

男はトロイカガンの引き金に指を掛け、息を詰めた。


テラスのサッシ戸は施錠《せじょう》されていた。

急にロッジの中が暗くなったのは、影法師が身に危険が迫ったことを感じたからではないのか。反町は、そう思った。

そうだとしたら、物音をたてるのは賢明ではない。反町は外側のサッシ戸の左側のフレームを力まかせに引っ張った。

フレームがしなり、クレセント錠の受け具の短い耳が外れた。できるだけ静かにサッシ戸を開け、ロッジ風の建物の中に忍び込む。

居間には、人のいる気配がうかがえない。

急に電灯が消えたのは奥の部屋だった。反町はロッシーを手にして、その部屋に進んだ。部屋のドアは閉まっていた。

反町はノブに手を掛け、ドアを勢いよく開けた。

特殊訓練を受けた相手に真正面から挑む気になったのは、拳銃を二挺持《も》っていたからだ。仮に手にしている武器を捨てさせられることになっても、相手の隙を衝くことはできるのではないか。危険な賭けだったが、迷っている場合ではなかった。

「影法師、もう観念しろ。おれは拳銃を握ってる」

「一歩でも動いたら、女の喉を大型カッターナイフで裂くぞ。床に腹這いになって、武器をこっちに滑らせろ」

「わかった。言う通りにするから、おれの依頼人を傷つけるな」

「早くしろ」

男が急《せ》かす。

反町はゆっくりと片膝をつき、腹這いになった。そのとき、左手にあるベッドの上で真帆が全身でもがいた。くぐもった声をあげかけたが、彼女はすぐに沈黙した。

影法師が大型カッターナイフの刃を強く喉元に押しつけたのだろう。

反町はロッシーを床に滑らせ、手早くベルトの下からS&WのM52を引き抜いた。

ほとんど同時に、暗がりの奥で小さな発射音がした。

銃声は轟かなかった。電子銃を持っているらしい。熱いものが耳を掠《かす》めた。

反町は自動拳銃のスライドを引き、寝撃ち《プローン・ポジション》の姿勢で引き金を絞った。

重い銃声が響く。男が斜め後ろに吹っ飛んだ。放った38スペシャル・ワッドカッター弾が、狙いをつけた右の太腿に命中したにちがいない。反町は口許を緩めた。

男が二弾目を放った。

反町は左腕の二《に》の腕《うで》に鋭い熱感を覚えた。上着の布地が焦《こ》げ、筋肉が数ミリ抉《えぐ》られたようだ。血の量は、それほど多くない。

反町は上半身を起こし、前に転がった。

回転しきったとき、二発目を見舞った。残念ながら、的《まと》に当たらなかった。

男の腰に組みつこうとした瞬間、胸板を蹴られた。反町は一瞬、息が詰まった。肋骨《ろっこつ》も鈍く鳴った。

自動拳銃が床に落ちた。足許だった。

反町は身を屈《かが》めて、片腕を伸ばした。その直後、男が体当たりをしてきた。反町は後ろに吹っ飛んだ。床に倒れた。

男が踏み込んでくる。反町は、男の傷ついた片脚を掬《すく》う気になった。しかし、間に合わなかった。男がステップバックし、横蹴りを浴びせてきた。

反町は顎を蹴られ、横倒しに転がった。また、男が踏み込んできた。その目は、床の拳銃に注がれている。

反町は膝を発条《ばね》にして、男を肩で弾いた。

男が仰向けに倒れた。反町は素早くM52を拾い上げた。男が跳ね起き、背を見せた。逃げる気らしい。反町は左腕の痛みを堪《こら》えて、男を追った。

男は窓から外に飛び降りた。

反町も表に出た。男はロッジの白い柵を飛び越えると、海に向かった。浜は暗い。風が号《な》いている。

反町は全速力で駆けた。

砂浜に出ると、男はショルダーバッグを胸に抱えた。数秒後、背後で爆発音がした。

まさか真帆が……。

反町は足を止め、振り返った。

ロッジは炎に包まれていなかった。油煙と火が立ち昇っているのは、建物の向こう側だった。シボレーの旧型四輪駆動車に爆発物がセットされていたのだろう。

影法師は、最初から二人の使いっ走りの口を封じる気だったにちがいない。

反町は猛然と男を追いはじめた。

男が振り向き、小さな拳銃を構えた。反町は身を屈めた。三弾目は、標的から大きく逸《そ》れていた。

すかさず反町は撃ち返した。

海からの風が弾道を屈折させる。放った銃弾は、男から十数メートルも離れていた。

男は波打ち際を横に走り、左手にあるマリンスポーツ用の桟橋《さんばし》に向かった。そこには、数艘《そう》のモーターボートが舫《もや》われていた。

海に逃げられたら、追えなくなってしまう。反町は砂を蹴散らしながら、ひたすら走った。

高速モーターボートのエンジンが唸《うな》った。男はステアリングを握っていた。反町は汀《みぎわ》で、M52を吼《ほ》えさせた。

男の上体が前にのめった。

左肩に命中したようだ。男の体が右に傾く。海に転げ落ちるだろう。反町は、そう予測した。

高速モーターボートは猛スピードで走りはじめた。男はステアリングにしがみついていた。みる間に、モーターボートは小さくなっていった。

白い航跡は蒼白《あおじろ》く見えた。

間もなく男の後ろ姿は闇に溶けた。モーターボートのエンジン音だけが、かすかに伝わってくる。

肩と太腿に被弾しているから、敵はどこかの外科医院で闇手術を受けるだろう。町医者を虱潰《しらみつぶ》しに当たれば、影法師の居所はわかるかもしれない。

反町はロッジに引き返した。

家の中は明るかった。反町はロッジに走り入った。寝室には、なんと和香奈がいた。すでに真帆の縛《いまし》めを解き、上着を着せてやっていた。

「なんで、和香奈が？」

「ジープ・ラングラーのエンジンをたまには使ってやらないと、駄々《だだ》をこねるわよ」

「おれが心配だったんだな」

反町は和香奈に言って、真帆に詫《わ》びた。

「二度も怖い思いをさせてしまって、面目《めんぼく》ない。成功報酬なしでも、必ず奴を取っ捕まえるよ」

「…………」

真帆が唇を動かしたが、言葉にはならなかった。目に涙を溜めていた。

「喋れないみたいだね」

反町は真帆の肩を揺さぶった。真帆が泣きながら、大きくうなずいた。

「ショックで、一時的な失語症になってしまったようね。でも、必ず治ると思うわ」

和香奈がそう言い、真帆にパンプスを履《は》かせてやった。

「おれのせいだな」

反町は、どちらにともなく言った。

そのとき、藤巻があたふたと部屋に駆け込んできた。

「パトカーのサイレンが近づいてきたっす。反町さん、ひとまず逃げ《フケ》たほうがいいんじゃないっすか？」

「二人の見張りはどうした？」

「もう炭化してると思うっすよ。影法師がリモコン爆弾で、あいつらの口を封じたんでしょ？」

「だろうな」

反町は真帆を横抱きにして、ロッジを出た。

後から、和香奈と藤巻が従《つ》いてくる。反町たちは三台の車に分乗し、急いで現場から離れた。パトカーと消防車のサイレンが重なって聞こえた。

4

ふと目を覚ました。

男は、焼津《やいづ》市内にある外科医院のベッドに横たわっていた。麻酔が切れたのだ。午前四時前だった。

肩と太腿のワッドカッター弾の破片は除去され、傷口も縫合《ほうごう》されていた。

前夜、男は焼津市の和田浜《わだはま》海岸でモーターボートを捨てた。海水を浴び通しだったからか、出血量は増える一方だった。もはや自分で傷の手当てはできないと判断し、この外科医院の門を叩いたのだ。そのとき、応対に現われたのは同じ敷地内に住む老院長だった。八十歳近いのではないか。

男は行きずりの若いやくざに撃たれたと偽《いつわ》り、強引に手術をしてもらったのである。

院内は静かだった。

医師は、刀傷や銃創《じゅうそう》のある患者が訪れた場合、警察に通報することを義務づけられている。男は手術前に老医師に現金二百万円を握らせていた。口止め料だ。

しかし、安心はできなかった。

男はベッドをそっと降り、自分の濡れたカーゴパンツを掴み上げた。いつもは右のヒップポケットに入れてある運転免許証が左のヒップポケットにあった。

老医師が身許《みもと》を検《しら》べたのだろう。

院内に警察官がいる気配は伝わってこない。老医師は後日、自分を脅迫するつもりなのか。

男は波飛沫《しぶき》で湿ったままの衣服を身にまとった。冷たさで、体が震えた。ソックスと靴を履く。男は足音を殺しながら、急いで病室を出た。

少し歩くと、事務室から老医師の小さな声が洩れてきた。警察に電話をしているようだ。

男はショルダーバッグから、ゴム手袋を抓《つま》み出した。手袋を嵌《は》め、トロイカガンに三弾カートリッジ・クリップを装塡《そうてん》する。

事務室のドアを開けると、白髪の医師が慌てて受話器を置いた。

「通報したんだなっ」

「違う。囲碁《いご》仲間と喋ってたんだ」

「こんな時刻にか。あんたは、おれの運転免許証を見たにちがいない」

「見とらんよ。昨夜《ゆうべ》、二百万を受け取ってしまったからな。警察には通報できんじゃないか」

「そうかな」

男は老医師のいる事務机に大股で歩み寄った。老医師が狼狽し、机の上のメモを皺《しわ》だらけの手で押さえた。

男はメモを奪い取った。メモには、自分の氏名、生年月日、現住所が記《しる》してあった。

「あんたの運転免許証は見たが、まだ警察には通報してない。嘘じゃないよ」

「きのうの二百万を返してもらおう。別に金が惜しいわけじゃないがな」

男はそう言い、トロイカガンを握った。

「金は返してやる。だから、ここから出ていってくれ」

「車を借りたい。鍵《キー》を出してくれ」

「わ、わかった」

老医師が机の引き出しを開け、剝《む》き出しの札束と車の鍵《キー》を取り出した。

「車は自宅のほうのガレージに入ってるんだな？」

「ああ。白いクラウンだよ」

「世話になったな」

男はにっと笑い、トロイカガンの引き金をたてつづけに三度絞った。老医師は回転椅子から転げ落ちた。虚空《こくう》を睨みながら、息絶えていた。

男は少しも表情を変えなかった。札束と車の鍵を摑み、事務室を出る。男は待合室の横にあるドアから、外科医院を抜けた。

すぐそばに自宅のガレージがあった。

男はガレージの鉄扉を静かに開け、クラウンに乗り込んだ。

東名高速を使うのは危険だろう。男は県道を選びながら、国道一号線をめざした。東海《とうかい》道《どう》だ。

何かが綻《ほころ》びはじめた。男は、そんな気がした。

御前崎の貸別荘は偽名で借りていた。リモコン爆弾で吹き飛ばした旧型のアメリカ製4WDは、宮と出口が数日前に都内で盗んだ車だった。

したがって、捜査の目が自分に向けられることはないだろう。

ただ、老医師が警察に通報したことは間違いないと思われる。

もう方南一丁目の借家には戻れなくなってしまった。キャリアウーマンたちから強請《ゆす》り取った二億数千万円を逃亡資金にして、しばらく潜伏したほうがよさそうだ。

男はクラウンを畑の脇に停め、ある女の自宅マンションに電話をかけた。コール音がしばらく鳴ってから、先方の受話器が外れた。

「おれだ。またしても、あの反町に邪魔されてしまった」

「なぜ、貸別荘がわかってしまったの？」

「真帆を拉致するとき、宮か出口のどちらかが藤巻という私立探偵にGPSを付けられたんだろう。そうとしか考えられない」

「それで、あなたは？」

「桟橋にあったモーターボートをいじって、ひとまず反町を振り切った。しかし、肩と腿を撃たれてしまった」

「いまは、どこにいるの？」

「焼津市の外れだ。これから、車を乗り継《つ》いで東京に戻る」

男は言った。すると、女が早口で問いかけてきた。

「それで、傷の手当ては？」

「町医者に頼み込んで、手術をしてもらったよ。しかし、その老医師に運転免許証を見られてしまったんだ」

「それじゃ、警察に通報されてしまったのね？」

「そう考えたほうがいいだろうな。そこで、おまえに頼みがある。方南のおれの家に車を走らせて、パソコンルームの隅にある段ボール箱を運び出してくれ。中身は金だ」

「そのお金をここに運んでくればいいのね？」

「ああ、そうだ。できたら、衣類も少し持ち出してくれ」

「わかったわ」

「それからな、もう一つ頼みがある。熱帯魚の水槽と観葉植物の鉢を庭に運び出してから、あの借家に灯油かガソリンを撒《ま》いて火を放ってくれ」

「それは……」

「おまえには五千万円やるよ。それで、アメリカで最新の皮膚再生手術を受けられるだろう」

「あなたが、そこまで考えてくれているとは思わなかったわ」

「頼んだこと、必ずやってくれ。後で、おまえのマンションに行く」

男は電話を切ると、クラウンを降りた。路上駐車中の車を見つけたら、無断で拝借するつもりだ。


真帆はポタージュをふた口ほど啜《すす》っただけだった。イングリッシュ・マフィンには手を伸ばさなかった。

「缶詰のポタージュだから、あまりうまくないよな？」

反町は言った。真帆のマンションだった。

美人弁護士が首を振って、メモ帳にボールペンを走らせた。


せっかく作ってくださったのに、ごめんなさい。食欲がないのです。


メモには、そう書かれていた。反町は身振りで、また横になったほうがいいと伝えた。

真帆がうなずき、ダイニングテーブルから離れた。そのまま彼女は、奥の寝室に引き籠《こも》った。

午後一時過ぎだった。

真帆は昨夜、数時間ごとに魘《うな》されていた。そのつど、寝室から嗚咽《おえつ》が洩れてきた。

居間の長椅子に身を横たえていた反町は、そのたびに居たたまれない気持ちになった。腕の傷の痛みよりも、心の疼《うず》きのほうが強かった。

反町はダイニングテーブルに向かったまま、煙草に火を点けた。

和香奈の話によると、真帆は恥丘を浅く裂かれただけらしかった。さらに指で性器を弄ばれたようだったが、まだペニスは挿入されなかったらしい。

厳密にはレイプされたわけではなかった。だが、心に負った傷は想像以上に深かったのだろう。その証拠に、真帆は言葉を失ったままだ。

彼女が元気になるまで、そばにいてやろう。反町は紫煙をくゆらせながら、心の中で呟いた。

藤巻は自宅で、朝から静岡県内の病院に電話をかけまくっているはずだ。しかし、昨夜、肩と太腿に銃創を負った三十代半《なか》ばの男が訪れた病院はまだ見つからない。

反町は少し前に、力石に電話で協力を求めた。そのとき、外務省庁舎の斜め前で発見された起爆装置に付着していた指紋の主を教えられた。

それは、布施直秀という人物だった。五十六歳の布施は五年前まで、陸上自衛隊情報本部のナンバーツーを務めていた。警察庁から出向していたのだ。

その後は、産業情報調査会社『ビジネス・コンサルティング』を経営している。布施の指紋は警察庁の刑事局に残っていたらしい。

警視庁捜査一課は昨夕、布施に任意同行を求めたという。

しかし、彼は強く犯行を否認してアリバイを申し立てたらしい。そのアリバイは裏付けられたという話だった。

影法師は、かつて布施の下で働いていた人物かもしれない。布施に何らかの恨みを持っていたのではないか。だから、布施に濡衣《ぬれぎぬ》を着せようと細工したのだろう。布施を少し痛めつければ、影法師の正体はわかりそうだ。

反町はマールボロの火を消し、飲みかけのブラックコーヒーを口に運んだ。

カップを受け皿に戻したとき、卓上に置いたスマートフォンが鳴った。発信者は力石だった。

「反町さん、影法師の正体がわかりましたよ。多々良亮《たたらりよう》、三十九歳です。多々良は昨夜《ゆうべ》、焼津市の小松《こまつ》外科医院で強引に手術をさせたようです。院長が多々良の運転免許証をこっそり見て、今朝四時前に一一〇番したというんです」

「影法師、いや、多々良はその病院にいるんだな?」

反町は早口で確かめた。

「いいえ、もういません。小松院長を射殺して、院長のクラウンで逃亡中だそうです」

「多々良の現住所は?」

「杉並区方南一丁目の借家に住んでたんですが、その家は何者かに放火されて午前六時ごろに全焼しました」

「奴が証拠隠滅《いんめつ》を図《はか》ったんだろう」

「それがですね、どうも多々良自身が火を放ったようじゃないんですよ。新聞配達員が、サングラスをかけた三十歳前後の女が多々良の自宅から飛び出してくるのを見てるらしいんです。それから間もなく、建物は火に包まれたというんですよ」

「そうか。で、多々良亮の前歴は？」

「かつて多々良は布施の下で働き、その後、公安調査庁に移って二年前に退官してますね。いまの職業は不明です。元工作員ですから、産業スパイか何かやってたんじゃないのかな」

　力石が言った。

「おそらく布施の下請け仕事をしてたんだろう」

「それ、考えられますね」

「多々良の交友関係は、どの程度わかってるんだ？」

「それが、まるでわからないそうです」

「それじゃ、本籍地を教えてくれ」

　反町はそう言って、手帳を開いた。多々良の本籍地は静岡市だった。

　ついでに反町は、布施の自宅とオフィスの所在地も訊いた。自宅は文京《ぶんきょう》区本駒込《ほんこまごめ》二丁目、オフィスは千代田区《ちよだく》大手町《おおてまち》一丁目にあった。

「布施と多々良が接触するかもしれないですね。おれ、これから布施のオフィスに行ってみますよ」

「悪いが、頼む」

「了解です。片瀬弁護士はどうです？」

「まだショックが尾を曳《ひ》いてるようだ」

「気の毒にな。それじゃ！」

力石が先に電話を切った。

反町は藤巻に電話をした。あいにく話し中だった。少し経《た》ってから掛け直すと、電話は繋がった。

「影法師の正体がわかったよ」

反町は開口一番に言い、力石から聞いた話を伝えた。

「多分、多々良は高飛びする気なんでしょう。その前に、松永千秋の千五百万円と画像データを回収しないと……」

「そうだな。藤巻ちゃん、こっちに来てくれないか。場合によっては、おれは出かけることになりそうなんだ」

「いいっすよ。これから、すぐそちらに向かうっす」

藤巻の声が途切れた。

反町は通話終了ボタンをタップすると、影法師の正体が割れたことを寝室にいる真帆に伝えた。

「多々良は怪我をしてるし、警察に追われてる身だから、もうきみを襲う余裕なんかないだろう」

反町は、ベッドのヘッドボードに背を預けている真帆に言った。

真帆がうなずき、何度も胸を撫で下ろす真似をした。

「少し眠ったほうがいいな。気持ちが落ち着けば、きっと喋れるようになるさ」

反町は真帆の肩を軽く平手で叩き、寝室を出た。

居間のソファに坐りかけたとき、インターフォンが鳴った。来訪者は辺見彩子だった。

反町は彩子に少し待ってもらって、真帆に彩子が訪れたことを告げた。真帆は身振りで、親友を部屋に通してほしいと伝えてきた。

反町はマンションの表玄関のオートロックを解除し、玄関ホールにたたずんだ。

待つほどもなく、彩子が部屋にやってきた。

反町は、彩子の顎の黒子《ほくろ》が消えているのに気づいた。黒子のあった部分は、ピンクの艶《つや》やかな肌だった。

「お化粧崩れしてるのかしら？」

彩子が小首を傾げた。

「いや、そうじゃないんだ。確か顎のところに……」

「ここにあった黒子、レーザーメスで取ってもらったんですよ。新しい皮膚が完全に盛り上がるまで陽光に晒《さら》さないようにってお医者さんに言われたんですけど、絆創膏を貼ってると、かえって黒子より目立つんです。それだから、何もガードしてないの」

「そう」

「真帆、仕事が忙しいのかしら？」

「そうじゃないんだ」

反町は昨夜の出来事をかいつまんで話した。口を結ぶと、彩子は寝室に足を向けた。

和香奈が言っていたサングラスの女は顎に絆創膏を貼って、喋るときに小首を傾げたらしい。まさかとは思うが、その女と彩子の共通点が気になる。

反町は疑念を覚えた。

彩子はこの部屋にしばしば来ている。瑪瑙《めのう》のブローチにチップ型ＧＰＳを仕掛けることもできなくはない。しかし、自分の親友や姉を多々良に襲わせるようなことをするだろうか。常識では、とても考えられることではなかった。だが、仮に彩子が真帆や沙織に何か憎悪を抱いていたら、多々良を手引きするかもしれない。

和香奈をこっそり呼んで、物陰から彩子の顔を見てもらうことにした。

反町はダイニングテーブルに移った。

スマートフォンを摑み上げたとき、寝室から彩子が走り出てきた。

「反町さん、真帆が喋ったの！　わたしの名を呼んだんです」

「ほんと？」

反町は寝室に走り入った。すると、真帆が潤んだ目で言った。

「わたし、声を出せたの。彩子の顔を見たら、ちゃんと喋れたんですよ」

「よかったな」

「ご心配かけまして……」

「おれのほうこそ、きみをガードしきれなくて、申し訳ないと思ってる」

反町は目頭《めがしら》が熱くなった。

彩子が真帆の肩を抱く。

「もう大丈夫よ。あなたを脅《おびや》かしていた男は、じきに捕まるわ」

「そうだといいけど」

「もう正体はわかったんでしょ？」

「多々良亮という男らしいの。焼津の外科医院の院長が、あの男の手術をしたとかでね」

「そうなの。怖かったでしょ？」

「怖くて生きた心地《ここち》がしなかったわ」

真帆が湿った声で言い、泣きはじめた。彩子が両腕に力を込めた。

反町は寝室を出て、居間のソファに腰かけた。少し過ぎてから、和香奈に電話をかけた。だが、留守だった。

三十分あまり過ぎると、彩子が寝室から姿を見せた。目が赤い。貰い泣きしたのだろう。

「反町さん、真帆のことをお願いしますね。わたし、仕事で会社に戻らなければならないんですよ。また、明日にでも来てみます。それでは、これで失礼します」

彩子が小首を傾げ、玄関に向かった。

小首の傾げ方がどうも気になるが、あの心配の仕方は芝居ではなさそうだ。やはり、彩子は無関係なのか。

反町は彩子が辞去すると、真帆のいる部屋に入った。真帆は、もう泣いてはいなかった。

「親友の力は偉大だな。驚いたよ」

「彩子の顔を見たとたん、喉の奥から言葉が迫《せ》り上がってきて……」

「きみは、いい友達を持ったな。羨《うらや》ましいよ。それはそうと、彼女、お姉さんの辺見沙織さんと似てないいな」

「なぜ、急にそんなことをおっしゃるの？」

「別に深い意味はないんだ」

「彩子と沙織さんは姉妹だけど、血の繋がりはまったくないの。彩子の母親と沙織さんの父親が、子連れ同士で再婚したんです」

「そうだったのか。きみと彩子さんは妬《ねた》ましいほど仲がいいようだが、仲違《なかたが》いしたことはないの？」

反町は訊いた。

「一度だけ大学生のとき、半年以上も口をきかなかったことがあります。わたしたち、たまたま同じ男性を好きになってしまったんですよ」

「二人とも恋よりも友情を選んで、その男とは遠ざかった？」

「ううん、その男性は北アルプスで転落死してしまったの。それで、彼の通夜《つや》で久しぶりに彩子と顔を合わせて、また何となく昔のようにつき合うようになったんです」

真帆が言った。

その直後、部屋のインターフォンが鳴った。

反町は寝室を出て、居間に走った。今度の客は藤巻だった。

藤巻に真帆のガードを頼んで、辺見彩子のことをちょっと調べてみる気になった。

反町は表玄関のオートロックを解除した。

当の布施が受話器を取った。

男は名乗った。

「やっと頼んだ仕事を片づけてくれたか」

「あんたとは、もう手を切る。十億円の口止め料を用意してもらいたい」

「冗談を言うな。それに、わたしに向かって、あんたとは……」

「偉そうな口をきくな。あんたは、もうおれの上官じゃないんだ」

「おい、その言い種《ぐさ》は何だっ。以前、わたしがきみの不始末を揉《も》み消してやった恩を忘れたのかっ」

「あんたは下種《げす》野郎だ。ロシアの女スパイの色仕掛け《ハニートラップ》に引っかかった振りをして、逆に彼女から軍事情報を探り出してたんだからな」

「工作員なら、そんなことは当然だろうが」

「まあな。しかし、あんたはソーニャに愛されてることを知りながら、自分の子を宿してる彼女まで毒殺してしまった」

「…………」

「ロシアでおれが集めた軍事情報を抜き取ったのも、あんただった」

「な、何を言ってるんだ⁉」

「あんたはおれに失点を与えて、ソーニャを利用し、中国に情報を売ってた。あんたは、性根《しょうね》の腐った工作員《エージェント》だった。長いこと、あんたに騙《だま》されてた自分は救いがたい愚《おろ》か者だったよ。親切めかして、こっちを公調に移させたのは、自分の裏切りが発覚することを恐れたからなんじゃないのか。陸自の情報本部と公調は友好関係を装《よそお》っているが、どちらもお互いの秘密を厳守してるからな。公調に手を回して、おれを追放させたな」

「被害妄想はやめろ」

「妄想じゃない。つい先月、ソーニャのスパイ仲間だった女が、あんたの裏切りを裏付ける写真や手紙をおれの許に送ってきたんだよ。それで、おれはあんたのことを洗い直してみたのさ。おれはあんたに恩義を感じてたんで、薄汚い産業スパイにまで成り下がってしまった。しかし、もうご免だ」

「好きにしろ」

　布施が電話を切りかけた。男は早口で言った。

「おれは、あんたと東都《とうと》銀行の今成宗房《いまなりむねふさ》の密談音声を持ってる。あんたは今成の依頼で、一流企業の不正や弱みを押さえてた。今成は巨額の不良債権を弱みのある企業に肩代わりさせたり、担保物件のビルや土地を高値で売りつけてた」

「そうか、外務省庁舎爆破事件でわたしを陥《おとしい》れようとしたのはきさまだったんだな」

「いまごろ、気づいたのか。あんたも焼きが回ったな。それはそうと、今成との密談音声を聴くか？」

「多々良、きさまを殺してやる！」

「冷静になったころ、また連絡しよう。今成と金の工面《くめん》をしとくんだな」

多々良亮は電話を切り、録音したばかりのメモリーを耐火鋼でできたランチボックスに投げ入れた。その中には、布施と今成が築地の料亭で交わしたときの密談音声と画像のメモリーも入っていた。

多々良は床に一万円札を五千枚撒き散らすと、かたわらの女を押し倒した。女は全裸だった。その背には、火傷《やけど》の痕があった。


長い沈黙がつづいていた。

テレビ局のスタジオの隅で、反町は辺見沙織と向かい合っていた。あたりに、人の姿はなかった。

「あなたの推測は正しいのかもしれないわ」

人気ニュースキャスターが、ようやく重い口を開いた。

「妹さんと確執があったんですね？」

「は、はい。いまの父母が再婚したとき、彩子は六つでした。妹はとても独占欲が強く、わたしが継母である彼女の母親に少しでも甘えたりすると、烈火のごとく怒り狂いました」

「確かに気性《きしょう》は激しそうですね」

「継母はそんな彩子に呆《あき》れ、夫の連れ子であるわたしのほうをかわいがってくれました。そんなことで、わたしたち姉妹は取っ組み合いの喧嘩をしたことがあるんです。わたしが小五、彩子が小三でした」

「そのとき、あなたは妹さんに怪我をさせてしまったんだね？」

　反町は先回りして、そう言った。

「ええ、そうです。わたしが彩子を押し倒したとき、妹は運悪くストーブにぶつかって、薬缶《やかん》の熱湯を背中に浴びてしまったんです。悪いことに妹は風呂上がりで、パンツだけしか身につけていなかったの」

「大火傷を負ったんですね？」

「ええ。一時は命が危《あや》ぶまれるほどでした。でも、彩子は幸運にも回復しました。ですけど、背中にひどいケロイドがね。何度か皮膚移植の手術をして、だいぶきれいになったのですけど、いまも少し引き攣《つ》った箇所があるんですよ」

「気の毒に」

「そのことで、異母妹はわたしを恨んでいるのかもしれません。ですけど、彩子が多々良という男を焚《た》きつけたとは思いたくありません」

「妹さんは、多々良に何か弱みを握られて、協力を強《し》いられたんじゃないだろうか」

「そうなんでしょうか?」

「片瀬真帆さんの話によると、彩子さんは真帆さんと同じ男性を好きになったことがあるとか?」

「北アルプスで亡《な》くなられた水沢光宏《みずさわみつひろ》さんのことね。彩子は水沢さんに夢中でした。真帆さんが恋のライバルだとわかってからは、それはもう積極的でした。でも、なぜか水沢さんは真帆さんと急につき合うようになったんです」

「なぜなんだろう?」

「真偽はわかりませんが、彩子は『真帆がわたしの背中の引き攣《つ》れのことを水沢さんに喋ったのよ』と言って、二、三日泣いていました」

「そのことを根に持って、片瀬弁護士を多々良に狙わせたのだろうか」

「彩子には少し執念深いところがありますけど、まさかそんな恐ろしいことを考えるとは思えません」

「こっちもそう思いたいが、サングラスの女の容貌や仕種《しぐさ》から、妹さんが浮かび上がってきたんです」

「そういうお話でしたね」

沙織がうなだれた。

「彩子さんに弱みがあるとしたら?」

「すぐには思い浮かびませんが、まとまったお金を欲しがっていました」

「金ですか。何に必要なんだろう？」

「継母《はは》から聞いた話ですが、彩子はアメリカで最新の皮膚再生手術を受けたがってたというんです。手術費用が二千万円以上するらしいんですけど、手術を受ければ赤ん坊のような肌になるとか。わたしがその費用を負担すると言ったのですけど……」

「テレビ番組制作会社の給料は、どうなんでしょう？」

「はっきり言って、とても安いですね。妹は一応、ディレクターですけど、月に二十三、四万円しか貰ってないと思います。マンションの家賃を払ったら、かつかつの暮らしだと嘆《なげ》いていました」

「そんな暮らしじゃ、高い手術費用はなかなか工面《くめん》できないだろうな」

「わたしの申し出を断った後で彩子は、手術費欲しさに何か悪いことをしてしまったのでしょうか。その弱みを多々良に握られて……」

「そのあたりのことは、いずれ明らかになるでしょう。多々良が逮捕されるまで、彩子さんには連絡をとらないでほしいんですよ。場合によっては、あなたが犯人逃亡に手を貸したということで罰せられますんでね。お忙しいところをありがとうございました」

　反町はスタジオを出た。何か重いものが胸にのしかかってきた。

欲望が息吹《いぶ》いた。

まだディープキスを交わしただけだった。女の血は一滴も目にしていない。

心の中で、何かが変わりはじめているのか。

多々良は、辺見彩子の内腿に当てていたカッターナイフを折り重なった紙幣の上に投げ出した。

「どうしたの？」

「きょうは、おまえを傷つけずに抱けそうだ」

「なぜなの？　なんで、急に……」

「わからない。もしかしたら、おまえのおかげかもしれないな。おまえは、おれの歪《いびつ》な情欲のために黙って血を流してくれた」

「できることなら、逃げ出したかったわ」

彩子が哀《かな》しげに笑って、多々良の頭髪をまさぐった。いとおしげな手つきだった。

「そうだろうな。しかし、おまえは逃げられなかった」

「ええ、あなたに弱みを握られていたもの」

「考えてみれば、おまえも哀しい女だ」

多々良は言った。声には同情が含まれていた。

彩子は半年ほど前、仕事でよく出入りしている日東《にっとう》テレビから一巻のドキュメンタリーの映像データを盗み出していた。沖縄で起こった米兵たちによる少女輪姦事件を扱った告発番組だった。

彩子はアメリカでの皮膚再生手術の費用欲しさに親米派の右翼団体に協力し、その映像データを無断で持ち出してしまった。

その当時、多々良は布施に頼まれて、日東テレビの弱点を探っていた。たまたま局の映像編集室に仕掛けておいたマイクロ・ビデオカメラが、彩子の不審な行動を捉《とら》えたのだ。

多々良は彩子の弱みにつけ込み、セックスペットにした。その上、キャリアウーマン凌辱の手伝いもさせた。

そんなある日、彩子が異母姉の沙織と親友の真帆を恨んでいることを打ち明けた。多々良は、その二人も獲物のリストに入っていることを教えた。

沙織や真帆を狙っていることがわかると、彩子は明らかに狼狽した。思い留《とど》まってほしいとも頼んだ。

しかし、多々良は犯罪計画を変更しなかった。弱みをちらつかせながら、彩子に協力を強《し》いた。

「もう真帆のことは諦めて。彼女、本当にショックで口がきけなくなったの」

「しかし、おまえはあの弁護士を恨んでるんだろう?」

「わたしが思い違いをしてたのよ。真帆が、わたしの背中の火傷のことをボーイフレンドに告げ口するはずないわ。わたしは真帆に負けたくないばかりに、北アルプスで取り返しのつかないことをしてしまった……」

「ボーイフレンドは足を滑らせたと言ってたが、おまえが後ろから突き落としたんじゃないのか。え？」

「そう、そうだったのよ」

「どこまで哀しい女なんだ」

多々良は優しく言って、彩子の合わせ目を大きく捌《さば》いた。

いつもより潤んでいる。ペニスが膨《ふく》れ上がった。

多々良は熱い塊を一気に埋めた。彩子がなまめかしく呻き、火照《ほて》った腿を絡《から》めてきた。

「ある意味では、おれたちは似たもの同士なのかもしれないな」

「どこが似てるの？」

「おれもおまえも、何かの呪縛《じゅばく》に搦《から》め捕《と》られてしまった。不幸な人間だよ」

「そう言われれば、そうね」

「近いうちに十億円が手に入る。おまえと一緒にアメリカに行こう。おれは、おまえに惚《ほ》れはじめてるような気がする」

「わたしも最初はあなたに憎しみしか感じなかったけど、いまは少し別の感情が……」

彩子が腰をくねらせはじめた。

多々良は煽《あお》られ、ワイルドに動いた。突き、捻《ひね》り、また突く。襞《ひだ》の群れが分身にまとわりついてくる。愛液があふれ、湿った音をたてはじめた。

「大金が入ったら、すぐにアメリカに行こう」

「わたしは一緒に行けないわ」

「やっぱり、おれを赦《ゆる》せないか？」

「そうじゃないわ。きちんとけじめをつけたいの」

「けじめだって？　どういう意味なんだ？」

「すぐにわかるわ。けだものっ」

彩子が両腕を伸ばした。

次の瞬間、多々良は左胸に何かを刺し込まれた。アイスピックだった。痛みは、それほど強くない。だが、視界が翳《かげ》った。

「殺して、カッターナイフで……」

彩子が言った。甘やかにせがむ口調だった。

「ほん、ほ、本気なのか？」

「ええ。わたしの返り血を浴びながら、激しく突いて。あなたに最高のセックスを娯《たの》しんでもらいたいの」

「ど、どこまで哀しい女なんだ」

多々良は霞む目で、カッターナイフを探した。

それは手の届く場所にあった。少し迷ったが、多々良はカッターナイフを拾い上げた。

彩子が瞼を閉じ、進んで顎をのけ反らせた。多々良は、一気に彩子の白い喉を真一文字に掻き切った。赤いものが勢いよく迸《ほとばし》った。

生温かい返り血が多々良の顔面を撲《う》った。

彩子は、ほとんど声をあげなかった。口許には、かすかな微笑がにじんでいた。

多々良は唇を重ねようと胸を密着させた。その瞬間、何も見えなくなった。


反町はベランダによじ登った。

板橋《いたばし》四丁目にある彩子の自宅マンションの一階だ。両手には、布手袋を嵌《は》めていた。部屋のチャイムを鳴らしても、まったく応答はなかった。ドアもロックされていた。

午後五時を数分回っている。

ベランダ側のサッシ戸は施錠されていなかった。反町は室内に入った。そのとたん、足が竦《すく》んだ。

床一面に一万円札が敷きつめられ、その上で全裸の多々良と彩子が重なっていた。二人とも息絶えていた。死体の周《まわ》りの一万円札は、血糊《ちのり》に塗《まみ》れていた。

血の臭いが濃い。

反町は屈んで、二つの死体を見た。多々良は、血みどろのカッターナイフを握っていた。彩子は両手で、多々良の心臓部に深々と埋まったアイスピックの柄《え》を支えている。

二人の死顔は穏やかだ。覚悟の心中《しんじゆう》なのだろう。

反町はベッドの下にあるランチボックスに気づいた。

錠は掛かっていなかった。画像メモリーが入っている。何かの役に立ちそうだ。

反町は画像メモリーを上着のポケットに入れた。

ロッカーの横には、札束の詰まった段ボール箱があった。多々良がキャリアウーマンたちから脅し取った金だろう。

箱の中には、アルバムが入っていた。

反町は、それを手に取った。多々良がレイプした女性たちの名前が記《しる》され、戦利品の恥毛がファイルされていた。二十八人分だった。

辺見沙織や松永千秋の名もあった。准教授の二瓶友佳の名の下には、抹殺《まっさつ》と書かれていた。

反町は血の付着していない紙幣を掻き集め、段ボール箱に押し込んだ。蓋《ふた》を閉めて、段ボール箱を抱える。ずしりと重かった。

ベランダに出たとき、玄関のあたりで物音がした。

反町は段ボール箱を下に置き、その場にうずくまった。

少し経つと、五十四、五歳の男が玄関ホールの方から忍び足でやってきた。男は革手袋をし、両手で消音器を嚙ませたヘッケラー&コッホP7を握っていた。

反町はサッシ戸の隙間から、男の動きを見守った。室内は、だいぶ暗くなっていた。

男は土足だった。立ち止まるなり、銃弾で多々良の後頭部を撃ち砕いた。脳漿《のうしょう》が派手に飛び散った。

男が足で多々良の体を蹴り落とそうとしたとき、シグ・ザウエルP230Jを構えた力石が部屋に飛び込んできた。

「布施、拳銃を捨てろ！　おまえを殺人容疑で緊急逮捕する」

「くそっ」

布施がドイツ製の拳銃の引き金に指を掛けた。

そのとき、乾いた銃声がした。力石の拳銃が先に火を噴いたのだ。

布施が腹部に被弾し、床に頽《くずお》れた。すかさず力石が布施の拳銃を叩き落とし、後ろ手錠を打った。布施の唸り声が高くなった。床に血溜まりが拡《ひろ》がっていた。

「いま、救急車を呼んでやるよ」

力石が布施に言い、懐《ふところ》から刑事用携帯電話《ポリスモード》を取り出した。

消えよう。反町は段ボール箱をコンクリートの柵の上に置き、ベランダの手摺をそっと跨《また》いだ。

エピローグ

三日後の夜である。

反町は三人の裸女と広いジェットバスに浸《つ》かっていた。

熱海《あたみ》にある今成頭取の豪壮な別荘だった。山の中腹にあった。

素通しガラス越しに、眼下に温泉街の灯火が見える。三人の女は、今成の愛人だった。

今成はスリーピース姿で、洗い場に正坐していた。七十二歳にしては若々しい。血色もよかった。

反町は数十分前に東都銀行本店振り出しの十五億円の小切手を受け取っていた。多々良亮が持っていた密談音声と画像データ、それにハッキングで手に入れたらしい不正な金の流れが逐一《ちくいち》わかる文書で、今成を強請《ゆす》ったのだ。今成は布施に命じて、一流企業の不正や弱みを押さえていたことを認めた。

「布施はあんたのことは一言《ひとこと》も喋《しゃべ》ってないらしいが、どこまで頑張れるかな」

「あの男は、死んだ多々良の頭を撃っただけなんだ。銃刀法違反、発射罪、死体損壊の罪だけなら、極刑は免《まぬが》れるだろう」

「だから、あんたのことは自白《ウタ》わないってわけか？」

「わたしのことを喋ってしまったら、あの男に未来はない」

「ま、そうだろうな」

反町はそう言いながら、湯の中で三人の女たちの性感帯をかわるがわる愛撫した。どの女も美しく、揃ってセクシーだった。

「わたしの女たちにも手を出すとは、きみも相当な悪党《ワル》だな」

「悪人《クズ》の金と愛人はいただく主義なんでね」

「おまえたち、どういうつもりなんだっ」

今成が急に怒声《どせい》を張り上げ、三人の愛人を順番に睨《にら》みつけた。

ややあって、女のひとりが口を開いた。

「パパ、そんなに怒らないで。わたし、パパを裏切るつもりはないのよ。でもね、この方、とってもテクニシャンなんだもの」

「ふしだらだ！」

「そうね。けど、この気持ちよさには負けちゃうわ」

女の言葉に、ほかの二人が相槌《あいづち》を打つ。

「三人ともお払い箱だっ」

「今成、それは認めない。来月から、この三人のお手当を倍にしてやれ」

「きさまの指図《さしず》は受けん。密談音声と画像データは、もう焼却したんだ。若造、とっとと失《う》せろ！」

今成が禿《は》げ上がった額《ひたい》に青筋を立て、決然と立ち上がった。

「甘いな、あんた。渡したのは複製だ」

「き、きさまは、わたしを騙《だま》したのか⁉」

「おれは用心深い性格なんだよ。だから、いつも保険を掛けることにしてるんだ」

「マスターを譲ってくれ。三億、いや、あと五億円くれてやる」

「金を遣《つか》い果たしたら、相談に乗ってやってもいい。そのときは新しい画像データを十億円で買い取ってもらう」

「新しい画像だと⁉」

「さっきあんたは、この三人の大事なとこを舐《な》めまくったよな」

「好きこのんで、あんなことをしたんじゃない。きさまに命じられたからじゃないかっ」

「それはともかく、おれはあのときの場面《シーン》を盗み撮《ど》りした。あんたはもちろん、ここにいる三人の美女たちの弱みも押さえたってことになるな」

反町は薄く笑った。

今成が逃げそうになった。反町は両手で掬《すく》った湯を今成のスラックスに引っかけた。今成が立ち竦《すく》む。

反町は腰を上げ、今成を押し倒した。首根っこを摑《つか》んで、今成の顔面を湯の中に突っ込む。今成が苦しがって、全身でもがいた。

反町は頃合を計《はか》り、腕の力を緩《ゆる》めた。今成がタイルに尻餅《しりもち》をついた。びしょ濡《ぬ》れだった。

「急に小便したくなったな」

反町はペニスを抓《つま》み、今成の顔面に小便を引っかけはじめた。

今成は両腕で顔面を庇《かば》い、上体を左右にスイングさせた。小便の雫《しずく》を切ったとき、女のひとりが反町の分身をくわえた。

それがきっかけで、三人の女たちは順番に反町の性器を口に含んだ。どの女も、舌を巧《たく》みに閃《ひらめ》かせた。反町は昂《たか》まった。今成を浴室から引きずり出し、大広間のロッキングチェアに電気コードで縛りつけた。

「じいさん、よく見てろ！」

反町は三人の愛人を横一列に這《は》わせ、順ぐりに背後から貫《つらぬ》いていった。ひとりの女に長く埋めていると、ほかの二人が不満を洩《も》らした。

悪人《クズ》の金と女は、こっちのものだ。

反町は均等に三人の腰を抱《かか》え、ひとりずつ極《きわ》みに押し上げた。女たちは老人との交わりには飽《あ》き飽きしていたようで、人目も憚《はばか》らずに乱れ狂った。

「女どもは信用ならない。いとも簡単に裏切る。恥を知れ、恥を！」

今成はロッキングチェアを軋《きし》ませながら、際限なく三人の若い愛人を罵倒《ばとう》しつづけていた。

「じいさん、黙ってろ。気が散るんだよ」

反町はロッキングチェアごと今成をテラスに放り出した。それから彼は、白熊の毛皮の上に大の字に横たわった。

女たちが、一斉に股の横に集まった。

「準備完了だ。最初のパートナーは誰かな？」

反町は言った。女たちが順番を巡《めぐ》って、口喧嘩《げんか》をしはじめた。

「揉《も》めてないで、ジャンケンで決めてくれ」

反町は天井を見ながら、腕を組んだ。


ナイトテーブルの上で、スマートフォンが鳴った。

赤坂グレースホテルの二〇〇一号室だ。

反町は手探りで、スマートフォンを摑み上げた。瞼《まぶた》が開かない。熱海の今成の別荘から戻ったのは明け方だった。

反町は今成の愛人たちの裸身を幾度も硬直させ、愉悦《ゆえつ》を与えた。

元頭取秘書は卑語《ひご》を連発しながら、反町の肩と背に深く爪《つめ》を立てた。かつて女優だった愛人は感じすぎて、尿失禁してしまった。元クラブママは白目を剝《む》いて、五分ほど失神した。三十四歳の女盛りだ。

「自分です」

発信者は力石だった。

「朝っぱらから、何だい？」

「何を言ってるんですか。もう午後四時過ぎですよ」

「えっ、もうそんな時刻なのか」

「さては、昨夜《ゆうべ》は和香奈さんと……」

「いや、熱海に夜釣りに出かけてたんだ」

「あれっ、いつから釣りをやるようになったんです？」

「ごく最近だよ。で、なんの用だい？」

「マスコミ報道でご存じでしょうが、多々良亮と辺見彩子は心中《しんじゅう》しました。そんなわけで、布施は銃刀法違反、発射罪、死体損壊罪で近く地検送りになります」

「そうか。多々良が隠し持ってた女たちの恥ずかしい画像データはどうした？」

反町は目を開けた。

「多々良の借りてた借家の焼け跡《あと》から、燃え残った画像データの一部が出てきたそうです。映ってたのは殺された二瓶友佳でした。そのほかの女性のものは燃えたようです」

「それはよかったな」

「そうですね。それはそうと、一つだけ不思議なことがあるんですよ」

力石の口調が変わった。

「不思議なことって？」

「多々良がレイプした女性たちから脅《おど》し取った金が、ほんのわずかしか見つからなかったんです。彩子のマンションの床にあった血に染まった札は総額で二百数十万円でした」

「多々良の預金通帳は？」

「自宅の焼け跡に何通か燃え滓《かす》があったんですが、併《あわ》せても五千万円弱だったんですよ」

「多々良は、どこかに札束を隠してあるんじゃないのか」

反町は空とぼけた。二億数千万円の詰まった段ボール箱は、自分のボルボのトランクに入っている。

ほとぼりが冷めたら、面識のある辺見沙織と松永千秋には脅し取られた分だけ、偽名で自宅に送るつもりだ。面識のない美女たちに届けるほどの善人にはなれそうもない。

「そうなのかもしれないですね。ところで、先輩、今夜あたり一杯どうです？」

「まだ夜釣りの疲れが残ってるんだ」

「そういうことなら、日を改めましょう」

力石が言って、電話を切った。

反町はスマートフォンを卓上に置き、引き出しから十五億円の小切手を抓《つま》み出した。○が八つも並んでいる。和香奈に、休校中のジャズスクールを再開させてやるか。それから、藤巻に少し小遣いを渡すつもりだ。

反町は小切手を押しいただく恰好をして、引き出しに戻した。

その直後、部屋のドアがノックされた。

反町はパジャマの上に黒いガウンを羽織って、ベッドルームを出た。

客は片瀬真帆だった。モヘアの白っぽいテーラードスーツを着ていた。美しさが目を惹《ひ》く。

「きのう、彩子からの詫《わ》び状が事務所に届いたの」

「どうぞ中に入って」

反町は、美人弁護士をリビングソファに坐《すわ》らせた。真帆がハンドバッグから封書を取り出した。

反町は彩子が真帆宛に書いた手紙を読んだ。

そこには多々良に弱みを押さえられたことから、異母姉の沙織や親友の真帆を憎んだ理由まで綴《つづ》られていた。北アルプスで昔のボーイフレンドを転落死させたことまで告白されていた。

「わたし、彼女の火傷《やけど》のことを当時のボーイフレンドに話したことなんかないわ。でも、彩子はそんなふうに誤解しちゃったのね」

「辺見彩子という女は火傷を負ったことで、少し気持ちが捩《ね》じ曲がってしまったんだろうな。しかし、けじめのつけ方は潔《いさぎよ》いよ」

「そうね。彩子は、多々良亮に知らず知らずに惹かれていったんじゃないかしら？　少しは自分の復讐心もあったのでしょうけど、好きになった男に引きずられて、多々良亮に協力したような気がするの。お葬式のとき、沙織さんも似たようなことを言ってたわ」

「彩子さんは、沙織さんにも詫び状を？」

「ええ」

「そう。多々良の口から犯行の一部始終を聞きたかったんだが、仕方ないな。きみには何度も怖い思いをさせたから、着手金を返さないとね」

「それは結構です。でも、一つだけお願いがあるんです」

　真帆が改まった口調で言った。

「お願いって？」

「東都銀行の今成宗房頭取との裏取引は、もう済んだんでしょ？」

「裏取引!?　言ってる意味がよくわからないな」

反町は狼狽しながらも、努《つと》めて平静に応じた。

「空とぼけても無駄よ。わたし、調査員の小室さんにあなたをマークしてもらってたの」

「なんだって、そんなことを⁉」

「彩子が死んだ夜から、あなたが妙に明るい顔つきをしてたからよ。多々良亮は、何か今成頭取の弱みを握ってたんじゃない？　あなたは、彩子の部屋で録音音声か画像データでも見つけたんでしょうね。そして、今成頭取に口止め料を要求した。あなたと今成宗房が新宿御苑《ぎょえん》内で密談してるところを、小室さんが近くで目撃してるの。完璧じゃないけど、会話も録音してあるんですよ。その音声、お聴《き》きになります？」

「いい度胸してるね。おれを強請《ゆす》る気か」

反町は肩を竦《すく》めた。

「法的に言えば、強請ってことになりますね。でも、わたし個人が欲を出したわけじゃないの。十五億円のうち、十億円を生活に困っている老人たちや母子家庭に匿名で寄附していただきたいの」

「断ったら、おれを警察に売る？」

「そんなことはしません。ただ、欲の深いあなたを軽蔑《けいべつ》することになると思うわ。それから、多分……」

真帆が言い澱《よど》んだ。

「最後まで言ってくれないか」

「ええ、言うわ。多分、そんな男に身を任せてしまった自分を嫌悪するでしょうね」

「きみは、なかなかの心理学者だな。こっちの負けだ。義賊めいたことはしたくないが、十億円を吐き出そう」

「ありがとう」

「礼を言うのは、まだ早いな。おれにも、一つだけ条件がある」

反町は抜け目なく言った。

「何かしら？」

「おれは、きみの大事な場所の傷がとても気になってるんだ」

「もう痂《かさぶた》もきれいに剝《は》がれました」

「この目で確かめるまで安心できないな」

「悪い男性《ひと》ね。そうやって、わたしをベッドに誘ってるんでしょ？」

真帆が甘やかに睨んだ。

「そう解釈してもらってもいいな。一度っきりなんて、かえって残酷だよ。もう一度、きみを抱きたい」

「あなたには、和香奈さんがいるでしょ？　あんなに素晴らしい女性を裏切ったら、反町さんはきっと不幸になるわ」

「そうなっても、自業自得だろう。で、どうなのかな?」

「短いロマンスだったけど、あなたのことは忘れません。いろいろありがとう。どうかお元気で!」

「女心は読めないな。わかったよ」

反町はソファから立ち上がり、手を差し延べた。

真帆が手を握り返し、玄関に向かった。反町は自嘲し、真帆を見送った。

淋《さび》しい夜になりそうだった。

著者注・この作品はフィクションであり、登場する人物および団体名は、実在するものといっさい関係ありません。

（本書は、『けだもの　非情番犬シリーズ』と題し、一九九五年十二月、小社ノン・ノベルから新書判で書下ろし刊行されたものに筆者が一部手を入れて、一九九九年四月に祥伝社文庫より刊行された作品を改訂し文字を大きくしたものです）

けだもの　無敵番犬

一〇〇字書評

切・り・取・り・線

購買動機（新聞、雑誌名を記入するか、あるいは○をつけてください）

□（　　　　　　）の広告を見て	
□（　　　　　　）の書評を見て	
□ 知人のすすめで	□ タイトルに惹かれて
□ カバーが良かったから	□ 内容が面白そうだから
□ 好きな作家だから	□ 好きな分野の本だから

・最近、最も感銘を受けた作品名をお書き下さい

・あなたのお好きな作家名をお書き下さい

・その他、ご要望がありましたらお書き下さい

住所	〒				
氏名		職業		年齢	
Eメール	※携帯には配信できません	新刊情報等のメール配信を 希望する・しない			

この本の感想を、編集部までお寄せいただけたらありがたく存じます。今後の企画の参考にさせていただきます。Eメールでも結構です。

いただいた「一〇〇字書評」は、新聞・雑誌等に紹介させていただくことがあります。その場合はお礼として特製図書カードを差し上げます。

前ページの原稿用紙に書評をお書きの上、切り取り、左記までお送り下さい。宛先の住所は不要です。

なお、ご記入いただいたお名前、ご住所等は、書評紹介の事前了解、謝礼のお届けのためだけに利用し、そのほかの目的のために利用することはありません。

〒一〇一－八七〇一
祥伝社文庫編集長　清水寿明
電話　〇三（三二六五）二〇八〇

祥伝社ホームページの「ブックレビュー」からも、書き込めます。
www.shodensha.co.jp/bookreview

祥伝社文庫

けだもの　無敵番犬《むてきばんけん》

令和 5 年11月20日　初版第 1 刷発行

著者　南《みなみ》 英男《ひでお》

発行者　辻 浩明

発行所　祥伝社《しょうでんしゃ》

東京都千代田区神田神保町 3-3

〒101-8701

電話　03（3265）2081（販売部）

電話　03（3265）2080（編集部）

電話　03（3265）3622（業務部）

www.shodensha.co.jp

印刷所　堀内印刷

製本所　積信堂

カバーフォーマットデザイン　芥 陽子

Printed in Japan ©2023, Hideo Minami ISBN978-4-396-35021-5 C0193

祥伝社文庫の好評既刊

南 英男
警視庁武装捜査班
火器ぶっぱなし放題！　天下御免の強行捜査！　解決のためなら何でもありのスペシャリストチーム登場！

南 英男
錯綜　警視庁武装捜査班
社会派ジャーナリスト殺人が政財界の闇をあぶり出した――カジノ利権に群がるクズを特捜チームがぶっつぶす！

南 英男
怪死　警視庁武装捜査班
天下御免の強行捜査チームに最大の難事件！　ブラック企業の殺人と現金強奪事件との接点は？

南 英男
突撃警部
心熱き特命刑事・真崎航のベレッタ92FSが火を噴くとき――警官殺しの裏に警察をむしばむ巨悪が浮上した！

南 英男
疑惑領域　突撃警部
剛腕女好き社長が殺された。だが全容疑者にアリバイが!?　特命刑事真崎航、思いもかけぬ難事件。衝撃の真相とは。

南 英男
超法規捜査　突撃警部
シングルマザーが拉致殺害された！　残された幼女の涙――「許せん！」真崎航のベレッタが怒りの火を噴く！

祥伝社文庫の好評既刊

南 英男
闇断罪 制裁請負人
セレブを狙う連続爆殺事件。首謀者は誰だ？　凶悪犯罪を未然に防ぎ、ワルも恐れる〝制裁請負人〟が裏を衝く！

南 英男
裏工作 制裁請負人
乗っ取り屋、裏金融の帝王、極道よりワルいやつら…鬼丸が謎の組織に拉致された！　株買い占めの黒幕は誰だ？

南 英男
罠地獄《わなじごく》 制裁請負人
狙われた女社長、組織的な逆援助交際、横領された三億円の行方……襲撃者の背後で笑う本物の悪党はどこの誰だ？

南 英男
葬《ほうむ》り屋 私刑捜査
元首相に凶弾！　犯人は政敵か、過激派か？　極悪犯罪者の処刑を許された密命捜査官・仁科拓海が真相を追う！

南 英男
毒蜜 牙の領分
犯罪者更生を支援する男が殺された。裏社会全面戦争⁉　10万人を皆殺しにするのは誰だ？　帰って来た多門剛！

南 英男
助っ人刑事《デカ》 非情捜査
教祖の遺骨はどこへ？　殺された犯罪ジャーナリストが追っていたものは？　一匹狼の隠れ捜査官が真実を暴く！

〈祥伝社文庫　今月の新刊〉

乾　ルカ
龍神の子どもたち
新中学生が林間学校で土砂崩れに襲われた。極限状態に置かれた九人の少年少女は――。

門田泰明
成り上がりの勲章
横暴上司、反抗部下、そして非情組織――。企業戦士の闘いを描くビジネスサスペンス！

南　英男
けだもの　無敵番犬
弁護士、キャスター……輝く女たちを狙う、姿なき暴漢！　元SP・反町譲司に危機が！

岡本さとる
がんこ煙管《ぎせる》　取次屋栄三《えいざ》　新装版
栄三、廃業した名煙管師の頑固親父と対決！人の世のおかしみ、哀しみ満載の爽快時代小説。

泉ゆたか
横浜コインランドリー
困った洗濯物も人に言えないお悩みも解決します。心がすっきり&ふんわりする洗濯物語。

佐倉ユミ
螢《ほたる》と鶯《うぐいす》　鳴神黒衣後見録《なるかみくろごこうけんろく》
「いいぞ鳴神座は。楽しいぞ芝居小屋は。こんな場所は。この世のどこにもねぇんだ」